마마보이

2020년 1월 30일 초판 1쇄

글 가쿠타 미쓰요
옮긴이 이은숙
펴낸곳 하다
펴낸이 전미정
책임편집 최효준
디자인 정진영 정윤혜
교정·교열 황진아
출판등록 2009년 12월 3일 제301-2009-230호
주소 서울 중구 퇴계로 182 가락회관 6층
전화 02-2275-5326
팩스 02-2275-5327
이메일 go5326@naver.com
홈페이지 www.hadabooks.com
ISBN 978-89-97170-58-6 03830
정가 13,500원

마마보이

가쿠다 미쓰요 지음
이은숙 옮김

차례

● 허공을 차다

무엇 때문에 열차 안을 이렇게까지 덥게 했을까. 아타미행 도카이도 혼센*은 후텁지근한 데다 종아리 쪽은 저온 화상을 입을 정도로 뜨거웠다. 그래서 나는 좌석 위로 다리를 들어 올려 무릎을 감싸 안았다. 그걸 보고 여자는 헤죽헤죽 웃었다. 창밖은 완전 깜깜했다. 역을 지나자 어둠 속에 드문드문 불빛만 이어졌다. 여자가 말했다.

"담배 피우고 싶어."

"그럼 피워."

"그래도 되려나?"

* 도쿄역에서 시즈오카현 아타미역까지 운행하는 노선

"되겠지. 여기에 재떨이도 있는데."

마주 앉은 좌석 사이에 붙어 있는 재떨이를 가리키자, 여자는 조그만 가방에서 담배를 꺼내 들어 입에 물고 불을 붙였다. '세븐스타'였다.

기분이 엉망이어서 밑져야 본전이라는 식으로 여자를 꾀었는데 의외로 성공했다. 선술집에 데려가서 찬찬히 보니까 그다지 젊지는 않았다. 나이를 물어보니 동갑이었다. 이렇게 말하면 좀 우습겠지만, 동갑이라니까 안심이 되었다. 안심이라기보다는 신뢰랄까. 우리는 어릴 때 좋아했던 애니메이션, 가요, 만화, 교칙이나 복장에 대해 허물없이 이야기하며 술을 마셨다. 별 볼 일 없는 싱거운 대화였다. 처음 만난 여자와 나눌 만한 이야기가 별로 없었다.

술집에 들어간 게 여섯 시였는데 여덟 시도 안 되어 가라오케로 가자고 했다. 여자가 거절하길래 그대로 가 버리려나 했더니 갑자기 바다가 보고 싶단다. '이 여자, 미쳤나?' 여자는 아주 말짱한 얼굴로 아타미에 좋은 여관이 있으니 지금 가자고 했다. 그것도 나쁘지 않다는 생각에 여덟 시 이십이 분 도쿄에서 출발하는 도카이도 열차를 탔다.

차표를 검사하러 온 차장이 여자가 웬 담배냐며 나무랐다. 금연석이라면 왜 재떨이가 있냐고 따질 줄 알았다. 그런데 여자는 머쓱하게 웃으며 얼른 담뱃불을 껐다. 우리는 차장에게 표를 내밀었다.

"역시 피우면 안 되는 거였네."

차장이 자리를 떠나자 여자가 어깨를 으쓱해 보였다.

"오늘은 아타미에서 자고, 내일은 뭐 하지……."

말하곤 여자는 혼자 웃었다.

"이즈라도 갈까? 시모다라면 나도 머물 곳을 알고 있는데……."

사실, 시모다에는 꼬마일 때 간 것뿐이지만 그렇게 말해야만 예의일 것 같았다.

"시모다도 좋지만 하쓰시마에 가고 싶어. 배 타고서."

여자는 내 쪽으로 몸을 내밀며 내 허벅지에 손을 올려놓았다.

"하쓰시마 다음에는 오시마. 나, 오시마에 가고 싶어."

내가 오시마가 섬이냐고 물었다.

"물론이지. 섬이라는 한자가 붙어 있잖아."

여자가 웃으며 말했다.

그러고는 작은 가방에서 목캔디 하나를 꺼내 주었다. 달콤하고도 쌉싸름한 맛이 느껴지는 묘한 사탕이었다.

열차가 서고 문이 열렸다. 아무도 내리지 않았고 아무도 타지 않았다. 은은하고 달착지근한 풀 내음이 밤기운과 함께 차 안으로 밀려 들어왔다. 삐이, 호각소리가 플랫폼에 울려 퍼지고 문이 조용히 닫혔다. 열차가 달리기 시작했다.

나와 동갑인 눈앞의 이 여자(에노모토 히로코라고 말했지만, 거짓말일지도 모른다)도 왠지 나와 비슷한 나날을 지내 왔을 거라는 생각이 들었다. 여자가 자아내는 안도감이나 내가 여자에게 느끼는 친근감은 동갑이어서만이 아니었다. 그건 왠지 '서로 통한다'는 느낌에서 왔다. 중학교 때 불량한 게 그럴싸해 보여 눈썹을 밀었었다. 또 가방을 뜨거운 물에 담가 쭈그러뜨려 늘리는 짓도 했었다. 그렇지만 시너나 톨루엔 같은 것에는 겁이 나서 손을 대지 않았고, 고등학교 때는 그전에 눈썹을 밀었다는 것을 끝까지 숨겼다. 부모님 카드로 디자이너의 브랜드 옷을 마구 사다가 결국 꾸중만 듣고 카드를 빼앗겼다. 친구들과 작당해 시내를 어슬렁거리고 날마다 돈 타령만 해댔다. 3학년이 되어서야 비로소 사람이 확 바뀐 것처럼 죽도록 공부해 시험을 쳤다. 고등학교 친구가 없는 대학에 진학해 미친놈처럼 놀러 다니고, 술김에 신나서 바다나 멀리까지 나가서 놀고, 연날리기네 불꽃놀이네 하면서 어린애들처럼 빠져 놀고, 생판 모르는 사람도 겁 없이 집에 불러들여 가볍게 하룻밤 즐겼다. 그러고는 다음 날엔 술로 반성을 외면하고, 그걸 자유라고 믿어 버리는 그런 날들을 보낸 것이다.

술집에서 여자에게 지금 무슨 일을 하느냐고 물어보았다. 파견사원이라고 했다. 결혼은 했느냐고 물어보니 웃기만 하고 대답이 없었다. 아무것도 보이지 않는 차창 밖을 응시하는 여자를 흘끔 보니 아마도 결혼은 안 했을 거라는 생각이 들었다. 동거한 경험이 한 번 정도는 있겠지. 현재는 연하남과 그다지 깊지 않은 교제를 하고 있나 보다. 그리고 일상이 권태로워졌겠지. 멋대로 추측해 본다. 바다가 보고 싶다고 한 것은 그래서구나. 한껏 들떠서 표를 끊은 거구나.

다음이 아타미라고 여자가 말했다. 나는 그물 선반에 올려놓았던 얄팍하고 작은 배낭을 내려 등에 멨다. 여자는 우리가 먹다 만 냉동 귤* 부스러기를 정리했다. 아타미 역에서 택시를 탔다. 여자가 여관 이름을 대자 택시는 바닷길을 따라 달렸다. 유카타 위에 단젠** 차림을 한 남녀 몇이 돌아다니고 있었다. 모두 중년들이었다. 창밖을 아무리 봐도 바다는 시커멀 뿐 길과 전혀 구분되지 않았다. 바닷가에 있는 가라오케의 요란한 불빛을 발견하고 나도 모르게 중얼거렸다.

"와, 가라오케다!"

"아주, 가라오케, 가라오케 노래를 부르네. 그렇게 좋아?"

옆자리에 앉은 여자가 말하며 웃었다.

"그럼, 좋고말고. 체크인하고 가라오케에 가자."

여자는 피식 웃기만 했다.

바닷길을 칠팔 분 달려온 택시가 온천 여관의 마당으로 들어갔다. 여관 간판과 입구에 죽 늘어서 있는 나무들을 백열등이 비추고 있었다. 꽤 그럴듯한 3층짜리 전통여관이었다. 택시비는 여자가 냈다.

이런 시간에 체크인이 될까 걱정했는데 아무런 문제도

---

* 껍질을 깐 귤을 급속 냉동하여 먹기 편하게 만든 상품
** 방한용으로 솜을 두껍게 넣은 소매 넓은 일본 옷

없었다. 저녁 식사 시간은 이미 지났기 때문에 내일 아침 식사만 된다고 기모노 차림의 중년 여성이 설명해 주었다.

2층 방으로 안내받았다. 장지문을 열고 창밖을 바라보았다. 시커먼 바다가 눈앞에 펼쳐져 있는데 파도 소리는 들리지 않았다. 차를 내온 아주머니와 여자가 친근감 있게 이야기를 나누었다. 아주머니가 나가자 방은 다시 조용해졌다. 여자는 코트를 입은 채 방석에 단정하게 앉아 차를 마셨다.

"가라오케에 가지 않을래?"

다시 권해 봐도 얼굴을 찌푸리곤 그 말에는 대답이 없었다.

"차를 다 마시면 온천에 다녀올게."

여자는 차를 다 마신 후 코트를 후다닥 벗고는 유카타*와 수건 세트를 들고 방을 휙 나가 버렸다.

나는 창틀에 걸터앉아 여자의 코트와 작은 가방을 바라보았다. 방석 옆에는 빨간 코트가 반으로 접혀 있고, 그 옆엔 아무렇게나 던져둔 가방이 있었다. 아주 잠깐은 가방을 뒤져

---

* 기모노의 일종. 주로 평상복으로 사용하는 간편한 옷으로, 목욕 후나 여름에 입는다.

볼까 했다. 술집에서 아타미에 가자고 한 여자의 정체가 뭔지 알 수 있을지도 몰랐다. 일어서서 가방 쪽으로 몇 걸음 다가가다 그만두고 말았다.

'도대체 여자의 뭐가 알고 싶은 거지? 진짜 이름? 미혼인지 기혼인지? 연하남과 주고받은 문자?'

어쨌든 뭔가를 아는 것은 뭔가를 책임지겠다는 것과 마찬가지일 텐데 나는 지금 아무 책임도 지고 싶지 않다는 기분이 새삼 들었다.

종업원이 따라 놓은 차와 과자 접시에 놓인 만쥬를 먹고 텔레비전을 켰다. 집에서 늘 보던 프로그램이 나오고 있었다. 어제 난 이 프로그램을 보지 못 했다. 신야와 가라오케에 있었으니까. 신야를 꼬드겨 가라오케에 간 것은 어제가 내겐 최악의 날이었기 때문이다. 신야, 그 바보 녀석은 항상 구닥다리 노래만 불렀다. 슬라이더스*의 노래까지는 참을 만했는데 보위**나 오카무라***의 노래에는 질려 버렸다.

* THE STREET SLIDERS. 1980년부터 2000년까지 활동한 록밴드
** BOOWY. 1981년부터 1987년까지 활동한 록밴드
*** 오카무라 야스유키(岡村靖幸). 1986년 데뷔한 싱어송라이터

그래서 실컷 욕을 퍼부어댔다. 몇 년 전이라면 신야는 분명 성질내며 때리려 달려들었을 텐데, 히죽히죽 웃으며 싱거운 레몬 소주를 들이켤 뿐이었다.

내가 립프*나 밤프**나 SUM41***의 노래를 부르는 것을 듣더니 신야가 물었다.

"야, 넌 도대체 어디서 그런 노래를 배웠냐?"

"비디오 대여점에서 빌려와 배웠지."

난 한 수 가르쳐 주겠다는 듯이 코웃음을 날렸다.

"그래, 잘났다! 정말. 아저씨 주제에."

저도 동갑내기면서 그렇게 말하길래, 열 받아서 재떨이를 냅다 집어 던졌다. 녀석이 요령껏 잘 피하는 바람에 재떨이는 벽에 부딪혀 떨어졌다.

"너 말이야, 그런 짓 좀 제발 그만해. 나이도 먹을 만큼 먹었잖아."

그러면서 헤죽거렸다.

---

* RIPSLYME. 1994년부터 현재까지 활동하는 힙합 그룹
** BUMP OF CHICKEN. 1996년부터 현재까지 활동하는 록밴드 그룹
*** 1996년부터 현재까지 활동하는 캐나다의 록밴드

"넌 아저씨인지는 몰라도 난 아니야!"

"네, 네, 어련하시겠어요."

비아냥거리며 신야는 블루 하츠*의 노래를 부르기 시작했다.

"또 블루 하츠야? 그놈의 구닥다리 블루 하츠는 제발 부르지 마!"

신야는 나의 외침에도 아랑곳없이 신나게 열창을 했다. 결국 네 시간이나 가라오케에 있었다. 집에 돌아오니 새벽 두 시였다.

방구석에 잘 접혀 있는 유카타를 보고 나도 목욕이나 할까 했으나 귀찮아졌다. 앉은뱅이 의자에 앉아 차갑게 식어버린 차를 마시면서 집에서 늘 그랬듯 멍하니 텔레비전을 보았다.

열두 시가 다 되어 여자는 목욕을 끝내고 돌아왔다. 화장을 지운 여자의 얼굴을 보니 훨씬 더 나이 들어 보였다. 왜 그런지 눈썹만 깔끔하게 그려져 있었다.

* THE BLUE HEART. 1985년 결성, 1995년 해체된 록밴드

"저기, 산책이나 하러 갈까?"

"어머, 그렇게 가라오케 가고 싶은 거야?"

"가라오케는 됐고 산책이나 하러 가자고. 바다로."

자꾸 꼬시니까 여자가 잠깐 생각하다가 그러자며 웃었다.

여자와 나는 여관에 있는 샌들을 걸쳐 신고 나란히 걸었다. 미호코가 생각났다. 스물한 살부터 다섯 해를 사귀었다. 지금처럼 밤길을 함께 자주 거닐었다. 보통은 둘 다 취해 있었는데 미호코는 자주 넘어졌다. 넘어지고는 웃음을 터뜨렸다. 도로에서 잔 적도 있었다. 성행위까지 간 적도 있었다. 삽입 직전에 택시가 클랙슨을 울렸지만……. 그랬던 미호코도 지금은 따분한 회사원이 되었고 만날 때마다 잔소리를 늘어놓았다.

"너, 도대체 뭐 하고 있는 거야. 바보 아냐. 그렇게 살아도 되냐?"

미호코는 한심하다는 눈길을 보내며 말했다.

'틀림없이 회사에서 힘든 일을 겪고 있는 거다. 젊은 여사원들에게서 노땅이라고 놀림당하고, 남자 사원들에게는 중간 채용으로 실력 없이 들어왔다고 무시당하고, 상사에게

는 성희롱을 당하고 있을 거다. 그렇지 않다면 이렇게까지 사람을 완전 바보 취급할 리가 없어.'

예전의 미호코는 그런 여자가 아니었으니까.

유카타를 입은 여자는 두꺼운 겉옷 소매를 앞으로 해서 오른손은 왼쪽 소매에, 왼손은 오른쪽 소매 속으로 집어넣은 채 샌들을 타닥타닥 끌면서 걸었다.

"에노모토 히로코가 진짜 이름?"

침묵을 견디다 못해 물어보았다.

"그렇다니까. 그런데 왜?"

여자는 말꼬리를 올리며 웃고는 콧노래를 불렀다. 그리 춥지도 않은데 입김이 하얗게 피어올랐다. 파도 소리가 점점 크게 들렸다. 하도 못 불러서 처음엔 잘 몰랐는데 여자가 부르는 것은 어제 신야가 가라오케에서 불렀던 블루 하츠의 노래였다.

내가 블루 하츠를 좋아하느냐고 물어보았다.

"응, 좋아해."

"난 비디오로 나온 그 공연을 직접 보러 갔어. 히비야의 야외음악당, 펜스 쳐진 곳이었어."

여자 눈이 동그랗게 커졌다.

"정말? 나도 가서 봤는데. 어디 어디? 자리가 어디쯤이었어? 난, 그러니까 오른쪽 2블록 한가운데쯤이었는데."

"뭐야, 나도 그 근처였는데."

우리는 약간 흥분해서 떠들었다.

"라핀* 라이브 공연이 있고 나서였어."

"그래 맞아. 그때 사고로 사람이 죽었었지."**

"어쩌면, 우리 자리가 사고 난 곳 옆이었을 수도 있었겠네."

"맞아, 그럴 수 있지, 그럴 수 있어!"

왠지 공연을 본 것이 바로 몇 개월 전의 일인 것만 같았다. 그렇게 느껴지게 만드는 묘한 힘이 있는 여자였다. "바다다!" 여자가 갑자기 소리를 지르더니 가로등 켜진 밤길을 달려갔다. 차도를 가로지르고 유카타 옷자락을 걷어 올려 가드레일을 타고 넘어 어두운 바다로 달려갔다. 여자 뒤를 쫓아 나도 달려갔다. 가드레일을 홀쩍 뛰어넘는 순간, 발이 모래에

* LAUGHIN' NOSE. 1981년 결성된 일본의 대표적인 펑크 밴드
** 1987년 4월 19일 히비야 야외음악당에서 라핀이 공연을 하던 중 무대에 팬들이 몰려드는 바람에 세 명의 사망자가 발생한 사고

푹 빠지면서 고꾸라질 뻔했다. 얼른 자세를 바로잡고 바다를 향해 달려가는 여자 뒤를 쫓아갔다. 모래가 부드럽고 가벼우면서도 발을 무겁게 잡아당겼다. 멀리 보아도 어디가 바다고 하늘인지 도통 구분이 안 되었다. 아무리 달려도 발은 모래에 푹푹 빠졌다. 앞으로 나간다는 느낌이 전혀 들지 않았다. 여자는 달리는 게 힘들지도 않은지 바다에 점점 가까이 다가갔다. 희미하게 보이는 옷자락이 저 앞에서 흔들리고 있었다.

나와 여자는 방파제에 걸터앉아 담배를 한 개비씩 피웠다. 잔잔하게 부딪치는 파도 소리가 바로 옆에서 들려왔다. 어둠 속에 파도 거품이 하얗게 꿈틀거리고 있었다. 여자의 유카타 소매는 젖어 있었고 모래투성이였다. 나는 문득 어제 일을 이야기하고 싶었다. 어제 가라오케에서 일어난 일이 아닌, 최악이었던 이야기를.

어제 나는 엄마 집에 몰래 들어갔었다. 지금은 아무도 살지 않을뿐더러 헐릴 때만을 가만히 기다리는 집이라 사실 살금살금 숨어들 필요까지는 없었다. 하지만 목적이 목적이니만큼 나도 모르게 쭈뼛거려졌다. 물건을 훔치러 갔던 거다. 돈이 될 만한 것은 몽땅 가지고 나오려고.

문을 열고 안으로 들어가자 으스스할 정도로 조용했다. 묵은 나무 냄새가 났다. 혼자 살던 엄마를 병원에 입원시킨 것이 불과 몇 주 전의 일인데 이미 사람의 온기가 완전히 사라졌다. 신발을 벗고 안으로 들어가자 마룻바닥이 삐걱거리며 듣기 거북한 소리를 냈다.

복도를 지나 오른쪽엔 부엌과 식탁이 있었고 왼쪽엔 다다미로 된 안방이 있었다. 부엌 커튼은 내려져 있었고 안방의 장지문도 닫혀 있었다. 장지문은 밖에서 들어온 광선을 받아 유난히 하얗고 눈부시게 반짝였다. 모든 것이 엄마가 살던 그대로였다. 엄마가 병원에 간 것이 아니라 잠깐 근처에 뭘 사러 간 것만 같았다. 초등학교 때 감기에 걸려 학교를 빠진 날의 집안 분위기가 꼭 이랬다. 내 방에서 눈을 떠 보니 사람의 기척이 없는 것 같았다. 불안해져 계단을 내려갔다. 그런데 그곳엔 아무도 없고 휑한 정적만이 감돌고 있었다. 걷잡을 수 없이 불안해진 어린 나는 냉장고를 열었다 닫았다, 커튼을 열었다 닫았다, 텔레비전을 켰다 껐다 하기를 하릴없이 반복했다. 그러던 중 찰칵하는 열쇠 소리가 났고 엄마의 얼굴이 보였다. 엄마는 나를 보고 화들짝 놀라 소리를 질렀다.

"나오 짱! 누워 있어야 하잖아!"

2층으로 올라갔다. 내 방과 마주 보이는 형의 방을 휙 지나 막다른 곳의 오른쪽에 있는 다다미방으로 갔다. 엄마가 침실로 쓰던 방이었다. 꼭 닫혀 있는 장지문으로 햇빛이 들어와 방 안 전체가 눈부셨다. 장롱으로 가 양쪽 문을 당겨서 열었다. 가늘고 긴 기모노 전용 선반을 잡아당겨 기모노를 하나씩 꺼냈다. 당장이라도 '찰칵' 열쇠 돌리는 소리가 나고, "누워 있지 않고 돌아다니면 어떡해!" 하는 엄마의 날카로운 소리가 들릴 것만 같았다.

준비해 간 나일론 가방에 값나가는 기모노를 쑤셔 넣고 건너편에 있는 골방으로 갔다. 옷과 핸드백을 확인하고, 엄마가 애지중지했던 보석 상자를 찾기 시작했다. 그 골방 안의 옷은 거의 유행이 지났거나 군데군데 색이 바랜 것이다. 돈이 될 만한 옷은 없었다. 가방도 값나가는 것은 없었다. 보석 상자를 찾아내려고 바닥에 쌓여 있는 종이 상자와 의류 상자를 차례로 열어보았다. 그런데 거기에는, 나와 형이 초등학교 때

멨던 책가방, 졸업앨범, 시치고산* 때 입었던 옷들, 팔 년 전에 돌아가신 아버지의 넥타이 묶음, 가죽에 금이 간 야구 글러브 같은 게 잔뜩 있었다. 당장 버려도 될 만한 것들만 나와서 점점 맥이 빠졌다.

'엄마는 도대체 왜 이런 것들을 버리지 않고 간직하고 있었담. 어디에 쓰려고. 이 집을 부수기 전날 밤, 나와 형이 이 좁은 골방에서 마주 앉아 이 물건들을 꺼내 보면서 추억에 잠겨 눈물이라도 흘릴 줄 알았나. 서로 기념으로 나눠 갖기라도 할 줄 알았나.'

내가 훔치러 들어오지 않았다면 아무도 거들떠보지 않을 낡아빠진 물건들이었다. 나는 그것들 속에서 칠보로 장식된 작은 보석 상자를 찾아냈다.

엄마의 보석 상자는 위쪽 선반에 놓인 낡아빠진 여행 가방 안에 들어있었다. 스카프와 가죽 장갑, 편지 묶음, 뜯지도 않은 스타킹과 함께 작은 보석 상자가 있었다. 상자를 꺼내 뚜껑을 열어보았다. 외알박이 반지, 전체가 작은 보석으로

* 아이들 성장을 축하하는 행사. 남자아이는 3세, 5세 여자아이는 3세, 7세 되는 해 11월 15일에 새 옷을 차려입고 마을 수호신을 찾아가 참배함

24

촘촘히 박힌 반지, 큼직한 보석돌 귀걸이, 금, 은, 진주 목걸이, 대모갑으로 만든 머리 장식 등이 뒤죽박죽 섞여 있었다. 보석에 대해서는 전혀 몰라도 예전에 엄마가 꿈을 꾸듯 이 상자를 바라보던 광경은 기억하고 있다. 그러나 엄마가 이 보석들을 꼈거나 걸친 것은 그다지 본 적이 없다.

　보석 상자를 나일론 가방에 집어넣고 다른 뭐 값나가는 게 없나 하고 온 집 안을 뒤졌다. 안방의 족자, 항아리, 화병들도 가져갈까 했지만 그건 뒷날로 미뤘다. 죄책감은 전혀 들지 않았다. 돈도 궁했거니와 어차피 내가 가져가지 않으면 여기 있는 물건은 집을 부술 때 함께 부서지고 해체돼 어딘가로 옮겨져 폐기 처분될 것들이었다.

　빵빵하게 부풀어 오른 나일론 가방을 갖고 집을 나왔다. 집 안은 여전히 조용하기만 하고, 칼로 자른 듯 비스듬히 쏟아지는 햇살에 먼지가 휘날리며 반짝이고 있었다. 현관문을 닫는 순간, 신문을 쥔 채로 화장실에서 나오는 아버지, 전화기 코드를 손가락에 돌돌 감고 상냥한 척 통화하는 엄마, 작은 장난감 하나를 두고 서로 갖겠다고 아웅다웅하는 어린 형과 나의 모습이 환영처럼 떠올라 멈칫했다. 눈을 몇 번 깜빡

이자 그것들은 다 사라지고, 눈앞에는 쓰다가 버려진 낡은 2층짜리 목조 건물만이 덩그러니 있었다. 나는 힘껏 문을 닫은 뒤 열쇠로 잠그고 버스 정거장까지 뛰어갔다. JR역에서 내려 그대로 도심으로 돌아와 이미 여러 번 갔던 전당포로 곧장 갔다.

전당포에서 제시한 금액은 가라오케에서 3시간 보낼 돈밖에 되지 않았다. 보석은 전부 유리 보석이었고 진주는 모조품이었다. 기모노도 값나가는 건 한 벌도 없다는 것 같았다. 나는 한순간 형과 형수를 의심했다. 이미 돈 될 만한 것은 둘이서 가로챈 것이 아닐까. 그래도 설마 그랬겠어. 의심은 금세 떨칠 수 있었다. 엄마가 뭔가 비싼 것을 갖고 있었다고 생각한 내가 어리석었다는 것을 깨달았다.

"어떻게 하실래요? 도로 갖고 갈래요?"

도로 가져가길 원하는 말투로 전당포 주인이 말하길래 나는 반사적으로 더 생각하기 싫은 듯 말했다.

"그 돈이면 됐어요."

아마 그 집에 비싼 물건은 하나도 없을 것이다. 아무짝에 쓸모없는 것들만 잔뜩 쌓여 있겠지.

신야를 불러내 가볍게 한잔 걸치고 가라오케로 갔다. 3시간 동안 노래를 불러 전당포에서 받은 돈을 죄다 써 없애려고……. 가라오케에서는 즐겁지 않았고 돈마저 신야가 냈다. 내가 절반은 내겠다고 우겼지만 신야는 히죽거리며 내 눈앞에서 손을 저었다.

"됐어, 됐다니까, 너는 백수잖아."

"역시 밤이라 춥네. 그래도 도쿄보다는 따뜻한 것 같아. 기분 탓인가."

내 옆에서 여자가 말했다. 나는 몸을 가까이 가져가 여자와 마주 보고 유카타 여밈 사이로 손을 집어넣었다. 브래지어를 하고 있지 않아서 내 손이 덜컥 여자의 부드러운 젖가슴에 닿았다. "앗, 차가워, 뭐야" 하고 여자는 소리를 질렀으나 내가 가슴을 계속 조물거리자 깔깔 웃었다. 나는 웃는 여자의 입술을 핥으며 유카타 옷깃을 풀어헤쳤다. 유난히 하얀 여자의 젖가슴이 툭 떨어지듯이 드러났다. 나는 그걸 빨며 놓지 않았다. 집요하게 젖가슴을 핥아 댔다. 여자는 내게 몸을 맡긴 채로 그대로 있다가 간간이 나지막하게 키득키득 웃었다. 피부가 너무 오톨도톨하다고 생각했는데 여자 피부에 소름이 돋아서였다. 왠지 발기했던 성기가 확 쪼그라들었다.

여자의 젖가슴에서 입을 떼자 U자 라인에 묻어 있던 침이 하얗게 빛났다. 여자는 방파제에 기댄 채, 드러난 젖가슴을 감추려고도 옷을 여미려고도 하지 않고 퀭한 얼굴로 나를 보았다. 여자가 꼼짝 않기에 나는 여자의 유카타 어깨 부분을 추어올려 주며 일어났다. 여자도 일어나서 방한용 옷 안으로 유카타 오비*를 고쳐 맸다. 돌아오는 길에 여자는 갑자기 수다스러워졌다.

"있잖아. 내일은 정말 하쓰시마에 가자. 고속선이 있으니까 그걸로 하쓰시마에 가자고. 하쓰시마에서 하룻밤 묵고 모레는 오시마에 가자. 오시마는 어렸을 때 간 적이 있어. 가족여행으로. 그런데 어릴 때는 어디 갔는지 기억을 잘 못 하잖아. 나는 줄곧 우리가 갔던 곳이 이즈 시치도의 오시마가 아니라 아마미 오시마라고 착각한 거야. 그래서 엄마에게 아마미 오시마에 갔었냐고 물었더니 바보라면서 놀렸어. 우리

* 일본 옷의 허리에 두르는 띠

28

가 갔던 곳은 아마미 오시마가 아니라 이즈의 오시마라는 거야. 그 말을 들으니 오시마에 한 번 더 가고 싶어졌어. 오시마에서 뭘 하고 놀았었는지 어디에 갔었는지 지금은 전혀 기억 안 나. 막상 가 보면 생각날까? 대개 그렇잖아. 부모 따라간 곳은 기억이 잘 안 나잖아. 아이들은 부모만 믿고 따라갈 뿐이니까."

말하는 사이사이로 여자의 샌들 소리가 따닥따닥 났다. 나는 그 소리를 들으면서 맞장구쳐 주었다.

"맞아, 그렇지."

어느덧 여자는 말을 그쳤고 컴컴한 해변 길을 걷는 우리 발소리만 들렸다. 걷는 사람 하나 안 보이고 달리는 차 한 대도 없다. 이제는 파도 소리도 아예 들리지 않았다.

바다를 등지고 길을 돌아 멀리 보이는 여관 불빛을 향해 걸어가면서 오시마에 함께 갔었던 부모님은 건강하시냐고 물었다.

"아버지는 돌아가셨어. 어머니는 건강하시긴 한데 허리가 아프다, 손가락 관절이 아프다는 말을 입에 달고 사셔. 나이가 들었는데도 당신 스스로는 나이를 실감 못 하시나 봐."

여자는 건조한 목소리로 대답했다.

여관방으로 돌아오자 다다미 위에 이불이 깔려 있었다. 냉장고에서 병맥주를 꺼내 구석으로 밀어둔 앉은뱅이 탁자로 가서 마셨다. 형광등이 너무 눈부시고 구석구석 환하게 비추고 있어서 방이 단조롭게 보였다. 맥주를 마시면서 여자가 다짐하듯 말했다.

"내일은 우리 하쓰시마에 가는 거야. 모레는 오시마야."

'오시마에 가서 가족 여행의 기억을 들춰낸다 한들, 그래서 뭘 어쩌려고?'

난 속으로 물어보았다.

'아, 이 길은 와 본 적이 있어. 저 바다에서 수영했었지. 기억에 덧칠하듯 확인해 보고, 지금보다 훨씬 어린 자신과 젊었던 엄마와 살아 있는 아버지를 그 광경에 어렴풋이 겹쳐 본다 한들 뭐가 달라져?'

이렇게 묻고 싶었는데 다른 걸 물었다.

"내일도 모레도 괜찮아?"

"괜찮냐고? 뭐가?"

여자는 진지한 표정으로 반문했다.

"회사나 집이나."

난 입안으로 중얼거렸다. 나도 참 별 쓸데없는 걸 묻는다고 생각하면서.

"괜찮아."

여자가 자신 있게 대답했다.

"회사 따위 신경 쓸 필요 없고, 집도 들어가고 싶지 않고, 남편은 별 볼 일 없는 남자고, 아이도 없어."

결혼 안 했을 거라는 아까의 추측은 빗나갔다.

"남편은 따분한 남자야. 촌스러워. 매사에 그래."

여자는 중얼거리며 일어서더니 냉장고에서 새 맥주를 꺼내 왔다.

"그런데 난 돈이 없어."

"아, 돈이라면 있어. 있고말고."

여자는 녹다 만 마가린 같은 웃음을 지으며 말했다.

세면대에서 나란히 이를 닦은 후 불을 끄고 이불 속으로 들어갔다. 창문 쪽이 환했다. 섹스할까 말까 빳빳하게 풀 먹인 이불 속에서 난 갈등했다. 하고 싶지 않은 건 아니지만 아까 갑자기 쪼그라든 성기를 생각하니 자신이 없었다. 그렇지만 여기서 아무 짓도 안 하면 여자에게 실례 아닐까. 머뭇머뭇 고민하는 사이에 여자가 소리를 질렀다.

"앗!"

"뭐야? 왜 그래?"

"당신은 목욕 안 했잖아. 온천에 와서 목욕을 안 하다니 이상한 사람이야."

여자는 한없이 깔깔댔다. 웃는 소리가 끊겼다 했더니 여자의 새근거리는 소리가 들렸다. 나는 고개를 돌려 자는 여자를 보았다. 머리카락이 하얀 베개에 먹물 풀어진 듯 흩어져 있었다.

눈을 감아 보고 자세를 바꿔 봐도 좀처럼 잠이 오지 않았다. 어둠 속으로 보이는 창문과 매끈하게 보이는 텔레비전 화면과 하얀 베개에 흩어져 있는 여자의 머리카락을 실눈을 뜨고 번갈아 보았다. 그러다 이불에서 벌떡 일어나 발소리를 죽이고 화장실로 갔다.

주황색 조명 아래, 하얀 좌변기에 앉아 아까 입안 가득 빨던 여자의 가슴을 떠올리며 자위를 했다. 절정의 순간, 잠든 여자나 미호코와 닮은 것 같기도 하고 아닌 것 같기도 한,

웃는 얼굴이 떠올랐다 사라졌다.

"지붕 밑에 누가 있어."

엄마가 말했을 때 형과 나는 '아아, 결국 올 것이 왔구나' 하고 생각했다.

"지붕 속에서 누가 나를 보고 있어. 기분 나빠. 어떻게 좀 해 봐."

그러나 그렇게 말하는 엄마의 말투가 너무 멀쩡했다. 결국 올 것이 왔구나 싶다가도 정말 누가 침입한 것은 아닐까 하는 생각이 들었다. 불려 온 형과 나는 엄마 말대로 2층 다다미방의 벽장 안에 있는 수납장을 통해 천장을 뜯어내고, 평평하고 어두운 지붕 밑을 회중전등으로 비춰보았다. 먼지 외엔 아무것도 없었다.

엄마가 정신 나간 말을 하는 것과 제정신으로 말하는 비율이 처음에는 3 대 7이었다. 형수가 일을 그만두고는 엄마를 보살피러 엄마 집을 오갔다. 이상한 말을 하는 비율이 5 대 5가 되었을 때 형과 형수는 엄마를 병원에 입원시키기로 했다. 나는 아무것도 몰랐었다. 입원 날짜가 정해지고 나서야 형수에게 연락을 받았다.

지난달, 형이 운전하는 차를 타고 엄마와 나와 형수가 함께 병원으로 갔다. 그날 엄마는 황록색 이상한 옷을 입고 조수석에 얌전히 앉아 있었다. 어렸을 때 생각이 났다. 아버지 차로 가족 여행을 갔을 때였다. 엄마는 조수석에 앉아서 뒷자리에서 장난을 치는 우리를 돌아보면서 몇 번이나 야단을 쳤다. 그날 형 옆에서 날개 묶인 새같이 안전띠를 맨 조그마한 몸집의 엄마가 당장이라도 뒤돌아보며 우리에게 주먹밥을 건네줄 것만 같았다. 알루미늄 포일에 싼 왕주먹밥을.

　볼품없는 병원이었다. 병동의 복도를 돌아다니는 사람은 노인들뿐이다. 소변과 약과 상한 복숭아 냄새 같은 것이 온통 섞여서 공기 중에 떠돌아다녔다. 엄마는 거기서 죽겠지. 침대 옆 선반에다가 밥공기와 젓가락을 정리하는 형수에게 엄마가 물어보았다.

　"가즈 씨는 오지 않나 봐."

　"가즈 씨가 오늘은 못 온대요."

　형수가 익숙한 듯 대답했지만, 가즈 씨가 8년 전에 죽은 아버지라는 것을 나는 한참 후에 알았다. 엄마는 나를 천천히 쳐다보더니 엷은 미소를 띠고 형수에게 말했다.

"나오 짱도 없는데, 급식을 남겼을까 걱정이야."

형수에게 말하더니 급히 가방에서 지갑을 꺼내서 5백 엔짜리 동전을 나에게 쥐여 주었다.

"슈 짱에게 줘. 내가 줬다는 건 비밀."

병원 외래의 입구에 있는 패밀리 레스토랑에서 형과 형수와 식사를 하면서 말했다.

"이건 너무 뻔해서 연기 같다니까. 지붕 소동 때부터 어떤 패턴이 보이더라고. 그러더니 이젠 가즈 씨니 나오 짱이니 하잖아. 그거 어디서 본 걸 흉내 내는 거 아닐까."

돈가스 정식을 먹으며 내가 농담조로 말한 것은, 형과 형수가 너무 어두운 표정으로 정식에 곁들여 나온 한물간 회를 젓가락으로 들쑤시고만 있어서였다. 그런데 둘은 여전히 침울한 얼굴로 나를 노려볼 뿐이었다.

"아, 맞다. 여기 용돈. 슈에게 줘야지. 받아, 슈 짱."

나는 청바지 주머니에서 5백 엔짜리 동전을 꺼내서 형 앞으로 내밀었다가 보기 좋게 무시당했다. 식탁 위에 놓인 채 빛을 발하고 있는 5백 엔짜리 동전에 누구도 손대려고 하지 않았다. 자리에서 일어날 때 할 수 없이 내가 도로 주머니에 집어넣었다. 형이 레스토랑을 나올 때 계산하며 내게 낮은 목소리로 "너, 이젠 정신 좀 차려!"라는 명령조로였는지 혹은 "정신 좀 차려. 제발 부탁이야."라는 애원조였는지 모를 말을 했다. 그러고 보니 형수는 그날 내내 나와 눈을 마주치지 않았다. 그때도 계산대에 나란히 진열된 플라스틱 장난감을 아이처럼 만지고 있었다.

화장실 물소리에 여자가 깨지 않을까 했는데 아까와 같은 자세로 자고 있었다. 여자의 머리 위를 살그머니 지나 이불 속으로 들어갔다. 이불 속에 남아 있는 체온이 온몸에 무수한 손을 뻗쳐 스멀스멀 기어 다니는 것 같아서 기분이 꺼림칙했다.

천장을 바라보고 자고 있던 여자가 놀라울 정도로 잘 들리게 잠꼬대를 했다.

"싫어. 그거 정말이에요?"

'내일은 하쓰시마, 모레는 오시마, 그럼 글피는 어디로 가지? 누마즈로 갈까. 후지? 하마마쓰?'

신기할 정도로 선명하게 떠오르는 노선도를 눈을 감은

채 따라가다가 나고야에 이르러서야 겨우 잠이 왔다.

　여자의 목소리에 잠을 깼다. 방 안은 아침 해로 새하얗게 물들고 있었다. 낯선 천장을 바라보며 여자의 목소리를 들었다.

　"아. 네. 오후에는 출근할 거예요. 정말 죄송합니다. 네. 괜찮습니다. 의외로 좀 밀려서요."

　방 안 어디에 스피커가 있는지 갑자기 '삐삐' 큰 소리가 울렸다. 이어서 아침 식사 준비가 되었다는 안내방송이 소스라칠 만큼 크게 나왔다.

　"죄송합니다. 이만 끊겠습니다."

　여자는 서둘러 전화를 끊었다.

　식당으로 갔다. 구겨진 유카타 차림으로 여자와 마주 앉아 아침을 먹었다. 여자는 단정하게 옷을 갈아입고 화장도 하고 있었다.

　"그런데, 하쓰시마는 어디에서 배를 타는 거야?"

　말린 전갱이를 젓가락으로 뒤적이며 내가 물었다.

　"글쎄, 관광 안내소에 물어보면 되겠지."

여자는 나를 보고 웃었다.

"어제 잠꼬대를 하더라."

"어머머, 정말? 뭐라고 했는데?"

"안 가르쳐 줄 거야. 아주 분명한 소리로 잠꼬대를 하더라고. 남편도 놀라겠더라."

남편이라고 말했을 때 옆자리의 노파가 끈적한 시선으로 우리를 번갈아 보았다. 내가 쏘아보자 당황해서 얼른 시선을 거두고는 다른 노인에게 밥이 맛없게 지어졌다며 화제를 돌렸다.

아타미역에 도착하자 여자는 관광 안내소로 들어가지 않고 개찰구로 가서 노선도를 확인했다. 그러곤 나를 돌아보며 물었다.

"어쩔 거야? 당신은 하쓰시마에 갈 거야?"

여자는 대답도 듣지 않고 발매기에 지폐를 넣었다. 반짝이고 있는 일렬로 된 오렌지색 운임 버튼을 멍하니 보고 있는데 여자가 다시 돌아보았다.

"아아, 돈이 없다고 했지."

여자가 웃으며 또 돈을 밀어 넣는다. 여자가 뽑은 표는 도쿄행 보통 기차표였다.

"놀리지 마."

호통칠 작정이었는데 막상 나온 건 웃음기 섞인 한심한 소리였다.

"놀리는 거 아니야. 그럼, 줘. 천팔백구십 엔."

나에게 손을 벌렸다. 놀리지 말라고 한 것은 돈을 두고 말한 게 아니었다. 하쓰시마에 왜 내가 혼자 가야 하느냐, 나도 그렇게 한가한 사람 아니라는 의미였다. 여자는 내민 손바닥을 거두지 않았다. 어쩔 수 없이 지갑에서 돈을 꺼내 손바닥에 올려놓았다. 전당포에서 받은 돈이었다.

플랫폼에는 나이 지긋한 사람이 잔뜩 있었다. 모두 두 손에 종이봉투를 들고 있고 발밑에는 보스턴 가방이 있었다. 그들은 하얀색, 보라색, 금색에 가까운 갈색 머리카락을 햇빛에 반짝이며 조증에라도 걸린 듯 수다 삼매경에 빠져 있었다. 나와 여자는 홈 구석에서 우두커니 서서 기차를 기다렸다. 여자는 아무 말이 없었고 나도 아무 말도 하지 않았다. 드디어 오렌지색과 초록색 기차가 홈으로 들어왔다. 박장대소하는 중년들을 따라 우리도 조용히 기차에 올라탔다.

빈자리에 여자와 나란히 앉았다.

"좀 같이 앉아도 될까요? 괜찮죠?"

중년을 넘긴 여자 둘이 맞은편 자리에 앉았다. 그 여자들은 기차가 달리자마자 캔 맥주를 꺼내고 만쥬를 꺼내고 주먹밥을 꺼내고 어묵을 꺼내어 창가와 무릎에 펼쳐 놓고 이야기하느라 정신이 없었다. 나와 여자는 줄곧 말없이 그 여자들이 먹는 모습을 자연스레 보게 되었다. 십오 분 정도 지나자 그 여자들의 관계와 가족 구성을 대충 알게 되었다. 둘이 각각 누굴 싫어하고 누구 편이고 누굴 단념했고 누구를 배신자라고 여기는지 그런 것까지 알게 되었다. 그중 목청이 매우 큰 여자가 우리 시선을 의식하고 힐끗 보더니, 이것 먹겠냐며 마치 오래전부터 알고 지낸 아주머니 같은 말투로 어묵을 내밀었다. 우리는 아이처럼 고개를 젓고는 받지 않았다. 오다와라를 지날 때쯤에는 여자는 얼굴을 위로 젖힌 채 잠들어 있었다.

다음 역은 도쿄라는 안내방송이 나왔다. 나는 여자를 흔들어 깨웠다. 여자가 놀란 얼굴로 일어나 작은 가방에서 콤팩트를 꺼내 거울을 보고 코언저리를 퍼프로 두드렸다.

"저기, 나, 또 잠꼬대했어?"

거울 속의 자신을 보면서 물었다.

"아니."

자리에서 일어날 때 다시 한번 물어보았다.

"에노모토 히로코가 진짜 이름?"

"그렇다니까."

여자가 대답하고 나서 나를 한참 보더니 우리 연락처 교환할까 물었다. '연락처 교환'이라고 발음을 할 때 은어를 입에 올리듯 부끄러워했다.

"응, 그러지 뭐."

휴대전화를 꺼냈을 때 기차가 정차해 플랫폼에 내려 마주 서서 꼼꼼하게 메일 주소를 서로 입력했다.

"꼭 고등학생 같네."

한 손으로 입력하면서 여자가 말했다.

"아저씨 아줌마인데 말이야."

나는 그렇게 말하며 웃었다.

"그럼, 안녕!"

메일 주소를 주고받은 후 여자는 아주 자연스럽게 손을

흔들고 에스컬레이터를 향해서 달려갔다. 여자의 뒷모습은 여전히 조증에 빠진 중장년들 사이에 섞여 금세 보이지 않았다.

이제 막 도착한 기차의 목적지 표시가 도쿄에서 아타미로 바뀌는 것을 나는 홈에 서서 물끄러미 보고 있었다. 하쓰시마에 갈 걸 그랬다.

'하쓰시마에서 오시마로. 한 번 더 이 열차를 타고 아타미로 돌아갈까. 바보 같지만, 그것도 차라리 괜찮네. 아타미행 표를 사면 전당포에서 받은 돈은 다 없어질 거고. 그래, 그렇게 하자.'

그런 생각을 하면서 나는 아타미행 기차가 사람들을 태워 달리는 것을 보고만 있었다.

사람이 드물어진 플랫폼을 걸어서 에스컬레이터를 타고 지하로 내려갔다. 휴대전화를 꺼내 나카가와 히로시에게 전화를 걸었다.

"또 너야? 나, 일하는 중이야."

전화를 받자마자 나카가와는 볼멘소리로 말했다.

"오늘 한가해? 한가하면 가라오케에 가자."

"또 가라오케야? 다 좋은데 트집 잡지는 마. 신야에게 다 들었어. 그럼 나중에 연락할게."

나카가와는 그렇게 말하고 일방적으로 전화를 끊었다. 나카가와의 전화기 너머로 시끌시끌한 소리가 들렸다. 전화벨 울리는 소리, 누군가 웃는 소리. 나는 혼잡한 중앙광장을 사람들과 부딪히지 않도록 지그재그로 걸었다. 쓰타야*에 들러서 새 CD를 빌려야겠다고 생각하면서 1번 선으로 이어지는 에스컬레이터를 탔다. 지갑에 남은 돈으로 싱글 앨범 열 장 정도는 빌릴 수 있을 것이다.

* DVD, 비디오테이프, CD 등을 빌려주거나 판매하는 점포

빗속을 걷다

이 도시에 내리는 비는 기름 같다.

끈적한 액체가 선을 그리듯 떨어져 몸에 달라붙는다. 여기 사람들은 비에 젖든 말든 신경 쓰지 않는다. 마치 맑게 갠 하늘 아래를 걸어 다니듯 다닌다. 옆에 서 있는 엄마는 젖어서 군데군데 색이 변한 종이봉투를 소중하게 껴안고 하늘을 쳐다보고 있다. 검은 머리카락이 뺨과 목덜미에 달라붙어 있다. 혈관이 비칠 정도로 하얀 피부 위로 물방울이 천천히 흘러내리고 있다. 비인지 땀인지 모르겠다. 사진으로도 본 적이 없는 소녀 시절의 엄마와 옆에 서 있는 나이든 엄마가 겹친다. 당황스러울 만큼 생생하게. 엄마는 예쁜 소녀였을지도 모른다.

포장된 큰길 여기저기 금이 가고 야트막하게 꺼진 곳이

있어서 기름 같은 비는 순식간에 갈색 물웅덩이를 만든다.
큰길 좌우로 나 있는 벌건 흙길을 따라 빗물이 모여 가느다
란 도랑이 되어 흘러간다. 하늘을 올려다본다. 짙은 구름 너
머로 푸른 하늘이 보인다. 구름 사이로 나온 황금 햇살이 물
웅덩이를 비추고 있다. 비는 잠시도 멈추지 않고 함석지붕에
떨어지며 투두둑 투두둑 요란한 소리를 내고 있다. 온통 안
개처럼 부옇게 보인다.

"그칠 것 같지 않네."

옆에 서 있는 엄마에게 말했다.

"그럴 것 같지? 그런데, 갑자기 뚝 그쳐. 장난감을 받은
아기처럼 뚝! 봐봐! 파란 하늘이 보이잖아."

이 도시에 관한 것이라면 뭐든지 알고 있다는 말투였다.

"그칠 때까지 여기서 기다릴 거야? 아님, 어디 가서 차라
도 마실까?"

내가 의향을 묻자 엄마가 나를 보더니 두 눈을 크게 치켜
떴다. 엄마는 연극배우처럼 이런 표정을 짓는 사람이 아니
었다.

"정말, 모르는구나. 여기는 도쿄와 달라. 카페에 가자고? 대충 봐도 카페가 없다는 정도는 알 수 있잖니."

비 때문에 뿌예지는 주위를 바라보았다. 길가에 다닥다닥 붙어 있는 낡은 함석지붕 아래 상점이 조르르 늘어서 있었다. 말이 상점이지 아주 초라한 진열대에 상품을 올려놓은 노점이었다. 선명한 색깔의 과일을 늘어놓은 가게, 파리가 꼬이는 날고기를 늘어놓은 가게, 누렇게 변하고 모서리가 낡고 닳은 헌책을 늘어놓은 가게. 그 몇 집 건너에 주스 캔을 늘어놓은 가게가 있었다. 가게 앞에는 플라스틱 테이블과 의자가 놓여 있었다. 바짓단을 걷어 올린 까무잡잡한 남자 여럿이 의자에 앉아 싸구려 컵에 담긴 커피를 마시고 있었다. 저게 카페가 아니면 뭐냐는 생각이 들었지만, 저런 가게는 엄마 눈에 들어오지 않는다는 걸 요 며칠 새 알게 되었다.

엄마와 나란히 하늘을 올려다보는 것도 무료해서 나는 뒤에 있는 가게들을 보았다. 고기를 늘어놓은 선반 뒤에서 살찐 여자가 먼지떨이 비슷한 막대기를 좌우로 천천히 흔들면서 파리를 쫓고 있었다. 하얀 진열대가 고기에서 흘러나온 피로 붉게 물들어 있었다. 정육점 옆에는 과자 가게가 있었는데 강렬한 원색 포장지에 담긴 과자가 수북이 쌓여 있었다. 주인 남자는 진열대 뒤에 있는 의자에 앉아 졸고 있었다. 엄마가 나를 부르기에 뒤돌아보았다.

"비가 좀 약해졌으니 뛰어갈까?"

내가 끄덕이자 엄마는 물건을 안고 큰길로 뛰어갔다. 나도 뒤를 쫓아갔다. 기름 같은 비가 내 머리카락과 어깨와 얼굴에 끈적끈적 달라붙었다. 샌들을 신은 발에 진흙 섞인 빗방울이 튀어 올랐다. 엄마는 생각보다 빨리 뛰었다. 사브리나 바지*를 입은 엄마의 하얀 정강이에 벌건 흙탕물이 잇달아 튀어 오르는 것을 보면서 뒤를 따라갔다. 이 마을 사람들은 아무도 뛰지 않았다. 뛰어가는 우리를 진풍경이라도 보듯 하며 유유히 걷고 있었다. 오토바이가 물보라를 일으키며 지나가자 오른쪽 허리 아래가 흙탕물로 흠뻑 젖어 버렸다. 벌건 흙길에서 뛰어나온 아이들이 뛰어가는 외국인 모녀를 보고 놀리면서 몇 미터나 달리며 따라왔다. 엄마는 물보라를 일으키는 오토바이도 소리를 질러대는 아이들도 아랑곳하지

* 통을 좁게 하여 다리에 꼭 끼게 만든 바지

않고 열심히 달리기만 했다. 슈퍼마켓 종이봉투를 소중히 품에 안고. 며칠 전부터 느낀 초조함을 애써 무시하며 나도 뛰었다.

"해외로 이주할 거야."

육십을 넘기고 엄마는 선언했다. 그야말로 선언이었다. 이사 준비며 이주할 곳이며 살 집이며 하나부터 열까지 다 정하고서야 나와 오빠에게 통보했으니까.

엄마에게 불려 간 날 늦은 밤, 고즈넉한 엄마의 부엌에서 오빠와 맥주를 마셨다. 오빠가 말을 꺼냈다.

"무슨 바람이 불었는지 모르겠지만 그건 무리야."

오빠의 말에 나도 대꾸했다.

"무리고 말고."

비행기를 탄 적이 딱 한 번 있긴 한데 그것도 오빠 부부가 홋카이도에 모시고 갔을 때였다. 엄마는 외국에 간 적이 단한 번도 없다. 게다가 극도의 결벽증까지 있다. 엄마가 이주하기로 한 필리핀은 나나 오빠나 가 본 적은 없지만, 동남아시아는 여행한 적이 있다. 나는 졸업여행으로 베트남에 갔었고 오빠 결혼 전에 태국, 말레이시아, 싱가포르를 여행했다.

베트남과 태국 그리고 필리핀을 뭉뚱그려 말하는 것은 좀 그렇지만 공통점은 있을 것이다.

"거의 다 뿌연 물로 대충 행군 접시에 요리를 담아 주는 포장마차들이야."

"별 네 개짜리 호텔인데도 천장에 도마뱀이 달라붙어 있었어."

"일등석 자리인데도 열어 둔 열차의 창으로 나방인지 모기인지 정체불명의 날벌레가 날아들었어."

"구걸하는 여자가 아기를 둘러업고 몇십 미터나 따라오며 뻔뻔스럽게 돈을 달라는 거야."

우리는 겪은 일, 친구에게 들은 이야기, 책에서 읽은 이야기를 마구 섞어 가며, 엄마의 이주 선언이 얼마나 말도 안 되는 일인지를 서로 확인했다.

"엄마 말이야……."

오빠는 의자에 무릎을 세우고 앉아 담배를 피우며 말했다.

"삿포로 호텔에서 카펫에 얼룩이 있다고 이틀 내내 투덜거리더라. 어디 그뿐이야. 줄 서서 들어간 라면집에서 겨우 자리에 앉았는데 '나, 이런 데서는 못 먹겠어.' 하며 굳어진 표정으로 말하는 거야. 어떤 손님이 계산하러 가면서 숙주나물 인가 뭔가를 좀 흘린 걸 가지고 그런 거였어. 집사람이 웃어 넘겼지만, 그 후로 다시는 엄마랑 어디 가잔 말을 안 하더라."

"백화점 화장실 세면대에 머리카락 몇 올이 떨어져 있다 고 백화점을 폭파하기라도 할 듯이 펄펄 뛰었잖아."

나도 오빠의 말을 거들었다.

엄마가 잠들어 조용해진 부엌에서 우리는 엄마의 성격에 대해 구체적인 예를 들어가며 말했다. 엄마는 결벽증에 배타 적이고 남을 시기하고 믿지 않으며 집요한 사람이다. 그런 사 람이 어떻게 습관도 상식도 환경도 다른 장소에서 살아갈 수 있겠냐고.

"말도 안 되지."

"근데 벌써 마음을 정한 거 같아."

"가 보면 알겠지. 본인이 못 견디고 돌아올 거야."

"근데, 여길 팔아 버리면 어디로 돌아와?"

우리는 그 대목에서 곤란한 얼굴로 서로 쳐다보았다. 혼 자 살던 아파트를 팔아 버리고 이주했다가 역시 이건 아니다 싶어 돌아오면 그땐 어쩌지? 나도 오빠도 엄마와 함께 사는 것은 딱 질색이다. 엄마에겐 외국살이가 무리라고 생각하면서도 이주한다는 선언에 나와 오빠가 안도했던 것은 사실이다. 그러나 엄마와 사는 건 싫다고 솔직히 말할 냉정함도 친밀감도 우리에겐 없다. 우리는 그 후로는 말수가 줄고 미지근하게 식어 버린 맥주만 홀짝거렸다.

"뭐, 돌아오게 되면 그때 생각하자고."

"그래. 생각보다 잘 맞을지도 몰라."

우리는 깊이 생각하지 않고 그 선에서 이야기를 멈췄다.

엄마는 새해를 맞자마자 난생처음 해외로 떠났다. 필리핀까지 데려다주겠다고 오빠가 말했지만, 엄마는 친구가 마중 나오기로 했다며 거절했다. 엄마가 혼자 살던 아파트는 삼천만 엔 정도에 팔린 것 같다. 팔린 돈은 엄마에게 보냈고 그 일은 모두 오빠가 처리했다.

나중에 통화할 때 오빠가 말했다.

"틀림없이 남자가 생긴 거야. 남자가 있어. 먼저 그쪽에 살고 있었겠지. 그래서 필리핀이라고 정신 나간 소리를 한 거야."

그런 이유라면 나도 이해할 수 있다. 그리고 만난 적도 없는 그 남자에게 속으로 감사했다.

슈퍼마켓에서 엄마가 사는 재료를 보고 '스키야키'*라고 생각했는데 저녁은 역시 스키야키였다. 엄마와 나는 에어컨이 켜진 부엌에서 그릴 냄비를 가운데 두고 마주 앉았다. 높은 천장에 매달려 있는 선풍기 날개가 천천히 돌아가며 달고 짭조름한 간장 냄새를 퍼뜨렸다. 창밖으로 바다가 보였다. 바다는 마치 한 장의 옷감처럼 정지되어 있었다. 비는 한참 전에 그쳤다.

내가 도착한 날 저녁 메뉴는 돈가스였고, 다음 날은 생선조림, 그다음 날은 시내에 있는 일본 식당에서 생선회와 튀김을 먹었다. 아침으로 미소 된장국과 낫토 그리고 채소 절임이 나왔다.

스키야키는 내가 기억하는 엄마의 맛보다 짜고 소고기는 질겼다. 나는 젓가락질을 하면서 슈퍼마켓에서 팔고 있는 물건들에 대해 엄마가 곧 불평하겠구나 싶었다. 그런데 엄마는 부정적인 말은 일절 하지 않았다. 오히려 알고 지내는 일본인이 얼마나 잘해 주는지, 슈퍼마켓에 얼마나 많은 일본

* 일본 전골

식재료를 팔고 있는지를 이야기했다. 마치 모든 걸 자기가
이룬 것처럼.

"여기에서 세부는 가깝지? 내일 고속선 타고 가 볼까?"

작은 주발에 담긴 무말랭이를 젓가락으로 집으면서 엄마
에게 물어봤다.

"내일은 일본인들 모임이 있어. 너를 소개하고 싶으니까
세부는 다음에 가자."

"일본인 모임? 어디서? 뭐 하는?"

"공원 리조트에서 테니스를 치거나 가라오케를 즐겨. 나
는 그 어느 쪽도 소질이 없어 그냥 차만 마시고."

"테니스나 가라오케? 그렇구나."

며칠 전부터 나는 눈치챘다. 늘 가는 곳만 가고, 필요한
것 외에는 아무것도 보지 않고, 거기서 조금도 벗어나지 않
고 틀어박혀 지내는 엄마의 일상을. 못 살겠다고 두 손 들고
돌아와 내 아파트에서 얹혀살 기미는 없어 보였다. 그러니
안심이 되면서도 엄마의 생활을 알고 나니 한편으론 은근히
불안해졌다. 엄마는 입만 열면 이 섬을, 일본인이 많이 사는
호텔식 아파트를, 슈퍼마켓을, 창밖으로 보이는 바다를, 느긋

하게 흐르는 시간을 보물을 자랑하듯이 늘어놓았다. 여기에 오길 정말 잘했다고 반복해서 말했다. 그렇다면 잘된 일이건만 나는 기뻐할 수가 없었다. 신경이 곤두서기만 했다. 무엇때문에 불안하고, 엄마에게 무엇을 바라는지 나 자신도 모른다는 사실에 점점 조바심이 났다.

일본에서 살 때 엄마가 말하는 것의 80%는 불평과 저주였다. 자동개찰기며 ATM기며 지하철 노선도 등등, 엄마가 알기 힘든 모든 것에 대해 일일이 불평하고, 예의가 없는 젊은이를 두고 불평하고, 텔레비전이 재미없다고 불평하고, 슈퍼마켓에 있는 상품의 품질에 대해 불평하고, 소년범죄와 아동학대가 늘어가는 세태에 불평하고, 나이가 비슷한 친구가 불평을 많이 늘어놓는다고 불평하고, 그런 불평을 다 하고 나면 또 과거를 저주했다. 세상을 떠난 아버지가 했던 심한 말과 무신경한 행동, 시집 식구가 엄마에게 퍼부었던 폭언까지 늘어놓았다. 그런 것들이 오빠와 나를 기죽게 했다. 엄마와 이야기하고 있으면 세상의 모든 것이 악의를 품고 있는 것 같았다. 엄마가 사는 아파트로 발길을 옮기는 횟수가 점점 줄었다.

그랬으니 엄마가 이곳의 새로운 삶을 찬양하는 것에 안

심해도 될 일이었다. 엄마가 불평도 원망도 죄다 날려 버린 것에 진정 기뻐해도 될 일이었다. 그런데 불평과 원망을 들었을 때보다 신경이 더 곤두서는 건 왜일까?

거실에 놓인 텔레비전은 소니 제품이고 거기서 나오는 것은 일본 위성 방송이었다. 프로 야구 시합 결과를 보며 엄마가 깎은 망고를 먹었다. 엄마는 콧노래를 부르며 그릇을 씻고 있었다. 리모컨을 들고 수많은 채널을 차례로 돌려 필리핀 프로그램을 찾았다. 겨우 가요 프로그램을 찾고서야 리모컨을 멈췄다.

"안 돼! 채널 돌리지 마. 교진과 주니치 어느 쪽이 이기고 있니?"

센트럴 리그와 퍼시픽 리그의 차이도 모르던 엄마의 목소리가 부엌에서 들려왔다.

엄마가 세 개의 게스트룸 중에서 창밖이 제일 잘 보이는 방으로 골라 주었다. 창 한가득 바다가 보였지만 밤이 되자 하늘도 바다도 어둠에 묻혀 버렸다. 침대엔 필리핀에 와서 엄마가 만들었다는 퀼트 커버가 씌워져 있었다. 나는 무릎을 세우고 침대에 앉아 바다인지 하늘인지 도통 구별이 되지 않는 창밖의 어둠을 응시했다.

"이 섬의 밤은 으스스해."

도착한 다음 날 엄마에게 말했더니 돌아온 대꾸가 이랬다.

"치안은 좋지만, 밤에는 외출하지 않는 게 좋아."

그런 뜻이 아니었는데. 이 휑하니 덩그런 아파트에서 밤에 혼자 자는 게 무섭지 않냐고 물었더니 그럼 누가 같이 자주기라도 하겠냐며 자신이 아주 야릇한 농담을 한 것처럼 마구 웃었다.

에어컨을 끄고 창문을 열었다. 습기를 잔뜩 품은 끈적한 바람이 들어왔다. 파도 소리가 여기까지 들리지는 않았다. 방충망에 작은 도마뱀과 처음 보는 나방이 붙어 있었다. 베갯머리에 있는 스탠드만 켜고 침대에 드러누웠다. 하얀 천장을 확인하고 눈을 감았는데도 잠들기 전에 자꾸 눈이 떠졌다. 밖에서 뭔가 살금살금 침입해 방 안 구석구석에서 꿈틀거리고 있는 기분이었다. 물론 방에는 아무것도 없었다. 이 마을의 비도 어둠도 내가 알지 못하는 종류였다. 창밖의 어둠에는 무게감이 있었다. 그리고 어둠 자체가 내음을 지니고 있었다. 이끼 비슷한 깊은 내음이었다.

　연한 주홍색 등불이 켜진 방에서 일어나 창문을 닫았다. 방금 끈 에어컨을 또 켜고 방 안 구석구석을 살펴보았다. 아무것도 없었다. 그 무엇도. 어제도 그제도 이렇게 신경을 곤두세우고 잠들기를 기다렸었다.

　"이 나라에서 우리 아버지, 그러니까 네 외할아버지가 돌아가셨대."

　엄마가 말한 것은 내가 도착한 날 밤이었다. 수수께끼 같던 이사에 대한 의문점이 풀린 기분이었다.

　"그래서 여기로 이사한 거야?"

　"그건 아니고, 그 정도로 그리워할 만한 아버지에 대한 기억은 없어. 원래 말이야. 이 나라에서 돌아가셨다 해도 사실인지 아닌지 알 수 없잖아. 만일 이 나라에서 돌아가셨다 해도 어느 섬 어디쯤에서 돌아가셨는지 알 수 없지. 그 어디도 아닌 곳에서 네 외할아버지가 돌아가셨다고 생각해. 그렇지만 여기서 돌아가셨다고 치는 것뿐이야. 그래서 네 외할머니가 내 나이쯤에 처음으로 비행기를 타고 이 나라에 왔었대.

그런 여행이 있었나 봐. 그래서 이 섬이 아닌 다른 곳인데, 버스에서 차례로 내려 모두 향불을 피워 올렸어. 사진을 보았는데 어느 다리 위에서 많은 할머니가 쭈그리고 앉아 모두 합장을 하는 모습이었어. 죽은 사람이 다 그 다리에서 죽은 것도 아닐 텐데. 내 눈에는 굉장히 이상하게 보였어, 그 사진이."

엄마는 담담하게 창밖의 무거운 어둠을 응시하며 그런 이야기를 했다.

"그럼 왜 여기로 온 거야? 태국이든 하와이든 상관없었을 텐데."

엄마가 이야기를 잠깐 끊었을 때 물었다.

"태국이든 하와이든 상관없다면, 필리핀도 괜찮잖아."

역시 오빠의 말대로 남자가 있는지도……. 복도를 사이에 두고 대각선으로 마주한 방에서 자는 엄마를 상상했다. 어둠이 창을 짓누르는 방에서 엄마는 아무렇지도 않게 팔짱을 끼고 죽은 듯이 잤다. 으스스한 밤에 혼자 자는 게 무서웠지만, 엄마의 방을 찾아가는 것은 더 무서웠다. 나는 사슬에 묶이기라도 한 것처럼 미동도 없이 잠을 청했다.

오빠가 말한 남자를 일본인 모임에서 찾아보았지만, 도대체 그럴만한 사람은 없었다. 풀장 옆에 옥외 홀이 있는데 무대에선 노인이 엔카*를 부르고 있었다. 전병과 초콜릿과 과일을 따로따로 담은 접시들이 테이블에 놓여 있었다. 색이 연한 맥주를 마시면서 테이블 앞에 앉은 사람들을 살펴보았다. 이 테이블의 사람들은 가라오케에는 관심이 없는 듯 노인의 노래가 끝나도 손뼉 치지 않았고, 다른 노인이 무대에서도 돌아보지 않았다. 맥주나 주스나 홍차를 마시면서 소곤거리고 있을 뿐이었다. 모두 엄마와 비슷한 나이거나 조금 더 많아 보였고, 부부도 있는가 하면 혼자인 사람도 있었다. 주로 하는 얘깃거리는 맛있는 매실인 난코우메를 사는 방법, 슈퍼마켓에서 파는 일본 식재료, 시장 물건값, 스콜의 횟수에 관한 것이었다. 그런 것에 대해 질리지도 않고 끝없이 이야기하다가 화제가 끊어지자 생각이 난 듯, 엄마 옆에 앉은 나를 슬쩍 보더니 젊다는 건 좋은 거라며 추켜세우기도 하고, 도쿄의 변화를 물어보기도 하고, 엄마의 사는 모습에서

* 일본인 특유의 감각이나 정서에 기초한 일본 대중음악 장르의 하나

어떤 인상을 받았냐고 물어보기도 했다.

테이블에 앉아 있는 남성은 세 사람인데 두 사람은 아내가 있는 남자이고, 또 한 사람은 나이가 아흔 가까이 돼 보이는 과묵한 남자였다. 도저히 엄마를 여기까지 오게 했을 인물로는 보이지 않았다. 좀 떨어진 곳에 있는 가라오케 그룹의 남성도 살펴보았다. 거기도 딱히 엄마와 친해 보이는 사람은 없는 것 같았다. 엄마 옆에 앉은 마미야라는 여성은 누구 말에나 호들갑스럽게 맞장구를 치면서 접시 위로 끊임없이 손을 휘저으며 파리를 쫓고 있었다. 쫓아내도 쫓아내도 파리가 꼬였다. 가져왔을 때부터 미지근해진 필리핀의 유명한 산미겔 맥주를 홀짝홀짝 마셨다. 옆에 있는 풀에서는 서양인 가족이 환호성을 지르며 비치볼을 던지고 놀았다.

'그럼 이 섬에서 엄마가 어떻게 살아야만 내가 불안하지 않고 만족할까? 일본 식재료를 파는 슈퍼마켓이 아니라 탁한 피가 흘러내리고 파리가 날아다니는 시장에서 물건을 사고 있었다면, 일본 식당에서 튀김이 아니라 에어컨 없는 식당에서 카레카레*를 주문했다면, 포장마차 여주인과 이 나라

---

* 삶은 소꼬리에 땅콩버터와 양파, 마늘 등 여러 재료를 넣고 끓인 필리핀 요리

말로 서툴게 단어를 이어가느라 서로 웃었다면, 섬의 여기저기로 내몰린 가난을 탄식하고 있었다면, 창을 활짝 열고 달리는 일반 버스의 배기가스를 원망하면서 멀리 피해 다니기라도 했다면, 밤에 방충망에 달라붙는 기분 나쁜 모양의 나방을 보고 질색했더라면, 아마도 나는 만족했겠지. 내가 이곳에 온 이유는 엄마의 남자에 대한 정찰이 아니라, 이런 엄마를 보고 싶어서이기도 하다.'

"그런데 여러분은 왜 여기로 오신 거예요? 하와이도 아니고 태국도 아니고 호주도 아니고. 왜 여기로요? 무슨 인연이라도 있는 곳인가요?"

나에 대한 그분들의 질문이 끝났을 때, 내가 웃으며 물어보았다.

순간 엄마의 날카로운 눈빛이 나를 향했다. 시선의 의미를 알 수 없었다. 개인적인 질문은 금기였나. 그때 내 맞은편에 있던 구마가야 씨라는 육십 대 후반의 점잖은 백발의 신사가, 마침 잘 물어봤다는 듯이 신나서 이곳의 기후를 찬미했다. 그러자 화려한 무늬의 블라우스를 입은 구마가야 씨 부인이 뒤질세라 일본과 거리가 가깝고 식재료가 풍부하다고 강조하며 찬미했고, 엄마의 옆에 앉은 마미야 씨가 섬사람들이 밝고 친절한 점을 칭찬했다. 내 왼쪽에 앉은 여성은 전직 중학교 교사로 엄마와 동갑이었는데, 그 여성은 쉴 새 없는 부채질로 백단 향기를 풍기면서 이 섬의 마리아 관음상은 전쟁이 아니라 평화를 상징하는 것이고 일본과 인연이 깊다고 했다. 그리고 그런 설명을 마무리하듯이 엄마는 아무튼 좋다며 유난히 큰 소리로 웃으며 말했다.

"아무튼, 좋아. 여긴 다 좋은 분들만 있어서. 일본 친구들에게 들었는데 치앙마이 같은 데는 제2의 인생을 보내는 일본 사람이 너무 많아서 세력다툼이 있대. 그룹으로 나누어져 꽤 암투가 있나 봐. 그런데 여기는 모두 자기 스타일대로 살아.

일본 사람의 그런 특징이랄까, 그룹으로 나뉘어서 시기 질투하는 일이 없으니까 여기 오길 정말 잘했다는 생각이 매일 들어."

"이 나이에 해외까지 와서 시기 질투한다면 서글픈 일이지."

구마가야 씨 부인이 거들었다.

"가족 같아. 뭐랄까. 제2의 인생, 제2의 가족이랄까."

건너편의 선글라스를 쓰고 젊게 차려입은 모모타 씨 부

인이 웃으며 말했다.

"옷깃만 스쳐도 인연이라잖아."

중학교 선생이었던 분이 진지한 얼굴로 말했다.

여기에 와서 슬슬 느껴지던 정체 모를 불안감이 드디어 목구멍까지 차올라 더는 참을 수 없었다. 그래서 나는 자리를 떠날 핑계를 찾았다. 모두의 말에 웃는 얼굴로 끄덕이던 엄마가 그 표정 그대로 내 팔을 잡았다.

"응, 그러니까 항상 말했지만 너는 아무 걱정 안 해도 돼. 이런 말은 좀 이르지만 내가 죽어도, 안 와도 돼. 오빠에게도 그렇게 말해 줘. 모두에게 부탁해 놓았어."

나를 바라보며 웃는 엄마의 얼굴에 오싹해지는 기분이었다.

"그쪽은 젊으니까 듣기 거북한 이야기일 수도 있지만 우리는 아무렇지도 않게 이런 이야기를 하는걸. 구마가야 씨 부부는 죽으면 태평양에 뿌려달라고 하고, 사카시타 씨는 묘지를 샀다나 살 거라나."

굳어진 내 표정을 보고 내 마음을 읽었던지 모모타 씨가 밝은 목소리로 말했다.

"살까 어쩔까 한다는 얘기였어요."

과묵한 사카시타 씨의 말에 모두가 '와' 웃었다.

나는 허둥대며 시계를 보았다.

"지금 1시야? 그럼 일본은 2시겠네. 나, 꼭 전화해야 할 일이 있어."

핑계로밖에 들리지 않겠지만 나는 인사를 하고 자리를 떠났다. 오늘 저녁은 우리 집에서 먹지 않겠냐고 구마가야 씨 부인이 엄마에게 묻고 있었다. 엄마가 나를 불러 세웠지만 나는 뒤돌아보지 않고 걸어 나갔다. 무대에서는 아까 그 노인이 내가 모르는 엔카를 구성지게 부르고 있었다.

바다 쪽을 등지고 살라자르 거리로 나갔다. 살라자르엔 영화관이 있고 레스토랑이 있고 쇼핑센터가 있다. 이가 빠진 듯, 낡은 건물을 부수고 짓느라 지붕 없는 건물이 군데군데 있었다. 선명한 색깔의 탱크톱을 입은 여성들이 지나갔다. 지프니*라는 장난감같이 보이는 택시가 클랙슨을 울려대며

* 필리핀의 지프를 개조한 소형 합승 버스

64

달리고 있었다. 정수리에 내리쬐는 태양 속을 무턱대고 걸었다. 걷다가 그저 그런 풍경에 질려 작은 골목길로 접어들어 이리저리 발길 닿는 대로 돌아다녔다. 나란히 늘어선 집들의 현관은 하나같이 길가를 향해 있었다. 문들은 활짝 열려 있었고 안은 약간 어두침침해 보였다. 개가 돌아다니고 어린아이들이 뛰어다녔다. 치맛단을 둘둘 걷어 올린 할머니가 현관 옆 계단에 앉아 나를 물끄러미 보고 있었다.

먼지가 풀풀 나는 골목길을 걷다가 좁게 이어진 골목 끝에서 문득 기억 속의 광경이 보였다. 어린 내 앞을 아직 젊은 엄마가 뒤돌아보지도 않고 걷고 있었다. 나는 필사적으로 엄마를 따라갔다. 치맛자락 밑으로 보이는 엄마의 하얀 다리를 보면서 종종걸음으로 뛰어갔다. 그러나 거리는 점점 벌어졌다. 남겨두고 갈지도 모른다는 두려움에 다리가 꼬이고 목이 말랐다. 엄마를 부르는 목소리는 이미 쉬었다. 잡초가 무성하고 그늘도 없고 구름 한 점 없는 땡볕인 파삭파삭한 하얀 길이었다. 거기는 어디고 엄마는 어디를 가고 있었던 걸까?

그러고 보니 주위에 상점 하나 없고 다 쓰러져가는 판잣집들이 다닥다닥 붙어 있었다. 뭔가를 튀기는 기름내가 진동

했다. 목청 높여 이야기하는 여자들의 목소리가 들려왔다. 어디선가 민요 같은 음악이 들려왔다. 인기척은 있는데 골목에는 아무도 없었다. 온통 붉은 흙길이었다. 골목 구석마다 자모라 거리나 살라자르 거리에는 없는, 사람 사는 냄새가 났다. 큰 거리로 돌아가기 위해 나는 다시 골목 모퉁이를 돌고 돌았다. 날벌레가 귓가에서 날고 있었다.

'엄마가 이사한 곳은 어디였을까. 비행기를 타고 간 곳은 어디였을까. 비행기 표를 사서 마닐라에서 이 섬까지 날아와, 엄마가 사는 아파트에 짐을 내려놓고서도 엄마가 사는 장소에 와 있다는 느낌이 들지 않았다. 요 며칠 점점 커지는 조바심은 그 때문인 것 같다. 엄마는 어디에도 없는 곳에 있다. 그것도 혼자서……'

투두둑, 끈적한 빗방울이 떨어지더니 붉은 흙길에 흔적을 남겼다. 비라고 느낄 새도 없이 투두둑 투두둑 빗방울이 떨어져 길바닥을 까맣게 적셨다. 머리고 팔이고 얼굴이고 할 것 없이 기름처럼 끈적한 비가 쏟아졌다. 커다란 빗방울이 흙먼지를 일으켜 마치 땅에서 붉은 수증기가 자욱하게 피어오르는 것 같았다. 저만치 앞에 지프니의 빨간색이 보인 것 같아 그 방향으로 뛰어갔다.

어찌어찌 살라자르 거리까지 나왔을 때는 티셔츠도 면 바지도 다 비에 젖어 몸에 짝 달라붙어 있었다. 속도를 줄이지 않고 달리는 차가 흙탕물을 튕겼다. 파라솔 밑에서 장사하는 노점 주인은 노점 앞에 진열한 고구마에 흐르르한 시트를 덮어씌우고, 하늘을 하염없이 쳐다보고 있었다. 여전히 비는 퍼붓는데 한 줄기 햇빛이 뻗어 나와 아스팔트를 금빛으로 물들였다. 나는 일단 부티크 앞의 처마로 피했다. 노점 여주인처럼 나도 하늘을 쳐다보았다. 우중충한 하늘의 갈라진 틈새로 해가 얼굴을 쏙 내밀었다.

시선을 돌리자 정면으로 보이는 거리를 종종걸음으로 걸어가는 여자가 보였다. 하늘색 니트에 감색 치마를 입고 빗속을 걸어가는 여자는 바로 엄마였다. 엄마를 부르려고 처마에서 뛰어나와 차도를 건넜다. 몇십 미터 앞에 가는 엄마를 따라잡기 위해 조금 달렸다. 끈적한 빗물이 튀어 오르고 샌들은 다 젖어 미끌미끌했다. 그렇게 엄마를 쫓아가는 사이에 어린애로 돌아간 듯한 착각이 들었다. 뒤돌아보지도 않고 어딘가로 가는 엄마. 그런 엄마를 놓치지 않으려고 정신없이 쫓아가던 그때가 떠올랐다. 쉬지도 않고 걸어가는 하얀 다리. 점점 벌어지는 엄마와 나의 거리. 엄마는 어디를 가고 있는 걸까, 나는 다시금 생각해 보았다.

빗방울이 제법 약해지고 천을 걷어낸 듯 찻길이 환했다. 앞을 걷던 엄마는 약국 차양 밑에 멈춰 서서 하늘을 올려다보고 무심코 이쪽을 돌아보았다. 난 줄 모르고 앞으로 가려다 발을 멈추고는 천천히 다시 뒤돌아보며 나에게 초점을 맞추었다.

햇빛을 받은 빗방울들이 방울방울 유리구슬처럼 빛났다. 나와 엄마는 비를 맞으며 서로 바라보았다. 엄마는 모르는 사람을 보듯 나를 보고 있었다. 그 시선 때문에 엄마가 모르는 사람처럼 보이고 다가가기가 망설여졌다. 내 앞에 서 있는 나이 든 여자는 방랑자라는 생각이 들었다. 그런 생각이 들자 나는 화들짝 놀랐다. 하지만 빗속의 여자는 마치 집 없는 방랑자 같았다. 옷도 잘 차려입고 비에 씻기지 않는 화장도 했다. 하지만 아무짝에도 쓸모없고, 여기에 있을 이유가 전혀 없는, 머지않아 다음 장소로 갈 방랑자. 엄마의 눈에 어쩌면 나도 그렇게 비쳤을지 모르겠다. 나는 엄마의 시선으로 지금 여기에 서 있는 나 자신을 보고 싶었다.

지프니가 맹렬한 속도로 지나가는 바람에 엄마와 나는 잔뜩 물벼락을 맞았다. 제정신으로 돌아온 얼굴로 엄마가 내게 다가왔다. 감색 치마가 찰싹 달라붙어 다리 모양이 고스란히 드러났다.

"빨리 가서 샤워하자."

엄마는 내 팔을 툭 치며 말했다.

"엄마, 저기서 주스 마시고 가자."

엄마의 조금 앞에 있는 영화관 차양 밑에 코코넛을 잔뜩 쌓아 둔 노점을 가리키며 내가 말했다.

"코코넛 주스 마셔봤어? 개운하고 맛있어. 마시고 가자."

엄마는 내가 가리키는 쪽을 힐끗 보고 말했다.

"꾸물거리다 감기 걸려. 얼른 가자."

"가자니, 어딜?"

"어디긴 어디야. 얼른 집에 가자고."

내 팔을 잡고 엄마는 종종걸음으로 내달렸다. 비는 거의 그쳤다. 영화관 앞에서 젊은 남녀가 쪼그리고 앉아서 스낵 과자를 먹고 있었다. 코코넛 음료를 파는 노점 여주인은 그냥 가 버리는 우리를 멍하니 보았다. 시커먼 구름은 멀리 날아가고 맑고 푸른 하늘이 머리 위로 펼쳐졌다. 엷은 무지개가 걸려 있었다.

출국 절차를 마치고 엄마가 어디에 있는지 공항 안을 살폈는데 양손에 비닐봉지를 든 엄마가 나타났다. 이것은 오빠와 올케언니에게 줄 거고, 이것은 네 거야. 그리고 혹시 만날 기회가 있으면 전해 달라면서 몇 안 되는 친척 이름을 대며 내게 선물들을 건넸다.

"너무 많은 거 아냐? 뭐가 들었는데?"

"이것은 엽궐련, 이것은 파인애플 과자, 이것은 코코넛 파이 과자, 이것은 야자 술인데 마실지 모르겠네. 어쨌든 선물로 주면 대개는 좋아한다고 들었어."

엄마는 급하게 설명했다.

"고마워. 1월에 휴가 받으면 또 올게."

"그땐 오빠네랑 같이 오면 좋겠다."

"그러게. 방은 잔뜩 있으니까."

창에 밴 향긋한 어둠을 떠올리면서 내가 말했다.

"그래. 방은 얼마든지 있지."

엄마는 이상하리만치 진지한 얼굴로 말했다.

우리 바로 옆에서는 청년 한 명을 보내는 데 온 가족이 총출동해서 순서대로 포옹하고 있었다. 그 뒤에는 연인으로 보이는 남녀가 부둥켜안은 채 미동도 하지 않았다. 주위를 둘러보니 여기저기에서 여행 떠나는 누군가와 배웅하러 나온 누군가가 서로 포옹하고 있었다.

"그럼, 갈게. 엄마 고생 많았어. 고마워."

"나야말로 고마웠지. 오빠에게도 안부 전해 줘."

그렇게 말하고 우리는 주위 가족이나 연인을 흉내라도 내듯이 서로 껴안았다. 향 피울 때의 향내와 과자 냄새가 섞인 엄마의 냄새를 맘껏 맡으며, 남들 눈에는 우리도 헤어지는 것이 못내 아쉬운 가족으로 보이겠구나 싶었다. 하긴 헤어짐을 아쉬워하는 가족이긴 하지. 그런데 이렇게 부둥켜안고 있으니 헤어짐을 아쉬워하는 가족을 연출하는 것 같아 기분이 좀 머쓱했다.

"빨람."

엄마의 귓가에 내가 인사했다.

"뭐라고?"

몸을 떼면서 엄마가 물었다.

"안녕이라고 했어. 타갈로그어야. 알아 둬."

엄마는 웃었다. 짐을 들고 보안검색 하는 줄에 섰다. 돌아보자 엄마는 그 자리에 서서 손을 흔들고 있었다. 나도 손을 흔들었다. 엄마가 뭔가 말했다. 들리지는 않았지만, 고개를 끄덕였다. 줄이 조금씩 줄어들어 드디어 내 차례가 되었다. 엄마가 준 비닐봉지를 검색대에 올려놓고 뒤돌아보았다. 엄마는 아직도 거기에 서서 웃으며 손을 흔들고 있었다. 나도 손을 흔들고 안으로 들어갔다. 뒤돌아봐도 이제 엄마는 보이지 않았다.

출국 심사할 줄에 서서 나는 재빨리 휴대전화를 꺼내서 전원을 켰다. 연결되지 않는 지역이라는 문자가 나왔지만, 연락처를 열어보니 오빠의 전화번호가 화면에 떴다. 나리타에 도착해서 오빠에게 할 말을 머릿속으로 정리하면서 그 번호를 보았다.

남자는 없는 것 같았어. 제법 좋은 아파트더라. 전구가나가면 아파트 관리인이 와서 갈아 끼워 준대. 일본어도 통

한대. 시내는 작은데 중심가에 가면 모든 게 있어. 섬 끝에 커다란 호텔이 있어. 비가 와도 금방 그쳐. 뭐라고 말해도 엄마가 있는 곳에 대한 설명이 제대로 될 것 같지 않았다. 그래도 나는 뭔가 자꾸 말하겠지. 거실과 침실에서 바다가 보여. 새카만 바다. 밤이 되면 새카만 어둠이 창문으로 스며드는 느낌이야. 왠지 으스스해. 그래도 엄마는 아무렇지도 않대. 텔레비전은 소니고 야구 교진전 방송이 나와. 엄마 또래 일본인이 몇 있어. 서로 의지하며 모여 사니까 안심이지. 제2의 인생이라나 제2의 가족이라나. 내가 미쳐. 모두 아무짝에도 쓸모없는 사람들이 제2의 인생이라니 도대체 뭘 하려는지.

줄은 느릿느릿 줄어들었다. 나는 한 손으로 연락처를 누르며 오빠 이름, 애인 이름, 친구 이름, 직장 동료들 이름을 차례차례 화면에서 확인했다. 이제부터 돌아갈 곳이 나를 기다릴 거라고 확인이라도 하려는 듯……

"엄마한테 선물을 받았어. 전해 줄 테니까 시간이 비는 날을 말해 봐. 나? 나는 지금 나리타야. 방금 도착했어. 이제 집에 가려고. 가서 할 일이 아주 많아. 저녁엔 애인이랑 밥 먹을 거야, 약속했거든."

오빠에게 이렇게 말할 작정이었는데 어느 틈엔가 엄마에게 주절주절 이야기하고 있었다. 빗속에 나를 보던 낯선 여자 같던 엄마에게. 차례가 다가왔다. 휴대전화를 넣고 패스포트를 꺼냈다. 돌아보았다. 내 뒤로 어딘가로 가는 사람들의 줄이 길게 늘어서 있었다. 이젠 칸막이벽에 막혀서 보이지 않는다. 멀어져 가는 엄마를 그려 보았다.

새를 운반하다

새는 여섯 마리였다.

그런데 모두 다른 새장에 따로따로 들어 있었다. 새들은 여섯 개의 새장에서 동그랗고 까만 콩처럼 생긴 눈으로 나를 가만히 보고 있었다. 새인 주제에 긴장한 게 역력했다. 여섯 마리 중 두 마리는 달달 떨고 있었다. 분명 여섯 마리 모두 각각의 이름이 있었다. 나는 엄마가 부르던 이름을 생각해 내느라 눈알을 굴렸다. 우선 '치코' 하고 불러 보았다. 여섯 마리 중 세 마리가 날개를 바르르 떨었다. '치코 짱' 하고 더 부드럽게 불러 보았다. 반응하던 세 마리를 포함해 다른 두 마리도 나를 보았다. 어찌할 바를 모르겠다.

엄마가 사는 집에 가장 최근에 온 것은 올해 정월이었다.

그때는 새가 네 마리였다. 10개월 동안 두 마리가 늘었다는 이야기다. 어떤 새가 늘어난 놈인지 모르겠다.

'치치' 하고 하얀 바탕에 푸른색이 도는 새가 울었다. 그게 신호였는지 노란 새도 초록 새도 파란 새도 '치, 치!' '삐, 삐!' 일제히 울기 시작해서 조용하던 집이 날카롭게 울어대는 새소리로 가득 찼다. 한숨을 쉬면서 일어서자 새들은 일제히 울기를 멈췄다. 일어선 나를 가만히 보고 있었다. 머리를 옆으로 갸우뚱 기울이고 쳐다보는 놈도 있었다. 두 마리는 여전히 부들부들 떨고 있었다.

거실로 가서 지금 막 받아온 케이크 상자를 조립하기 시작했다. 역 앞의 케이크 가게에서 먹고 싶지도 않은 슈크림을 열두 개나 샀다. 그러면서 사람들에게 나누어 줄 거라서 상자가 여섯 개 필요하다고 말했다. 굳이 설명하지 않아도 될 것을 말하고 받은 상자다. 상자를 조립하고 나서 공기구멍을 뚫어야 한다는 것을 깨닫고 현관으로 갔다.

내 기억으로는 송곳은 현관 옆 골방에 있었다. 전에는 사방이 미터도 안 되는 이 골방에 청소 도구와 쓰지 않는 재봉틀, 클라리넷, 상자에 들어 있는 낡은 구두와 공구 상자가 있었다.

그런데 어두운 골방에는 청소 도구도 공구 상자도 없었다. 못 보던 여행 가방과 낡은 잡지 묶음이 들어 있을 뿐이었다.

송곳이나 그 비슷한 물건을 찾으려고 집 안을 돌아다녔다. 2층 엄마 방, 지금은 쓰지 않는 내 방, 거실, 수납실 그 어디에도 송곳은 없었다. 1층의 다다미방, 거실, 부엌, 열 수 있는 찬장은 다 열어 보아도 없었다. 송곳이 보이지 않는 것만으로도 여기가 모르는 사람 집같이 느껴졌다. 독거노인 집에 몰래 들어가 값나가는 물건을 뒤지는 것 같아서 꺼림칙했다.

내가 초등학교 3학년 때 이 집으로 이사 왔다. 그 뒤로 10년을 이 집에서 살았다. 열여덟에 독립해 집을 떠났으니 이젠 이 집에서 산 시간 보다 살지 않은 시간이 더 많아진 셈이다.

다다미로 꾸민 방 창가에 놔둔 새장에서 여섯 마리의 새들이 왔다 갔다 하는 나를 보고 있었다. 가끔 생각난 듯이 울기도 했다. 내 손바닥보다 작은 새가 놀라우리만큼 세차게 울어댔다.

결국, 송곳을 찾지 못해 포크로 대신하기로 했다. 볕이 잘 드는 소파에 앉아 포크로 케이크 상자에 숨구멍을 냈다.

상자가 생각보다 아주 단단해서 포크로 푹 찔러도 망가지지 않고 옆면에 일그러진 구멍이 생겼다.

'띵동 띵동'

요란한 인터폰 소리에 새들이 갑자기 조용해졌다. 나는 현관으로 달려갔다. 문을 열자 겐이치가 서 있었다.

"용케 잘 찾아 왔네."

"못 찾으면 전화하려고 했지."

겐이치는 주저하지 않고 성큼 마루로 들어오더니 곧장 복도를 지나 다다미방 앞으로 갔다.

"세상에! 여섯 마리나 있네."

"여섯 마리라고 했잖아."

"그렇게 듣긴 했지만."

새들은 움직임을 멈추고 낯선 침입자를 보고 있다. 나를 봤을 때처럼 두 마리는 부들부들 떨기 시작했다.

"일단 케이크 상자를 얻어 왔어."

나는 거실에서 구멍이 뚫린 케이크 상자를 가져와 겐이치에게 보여주었다.

"그럼 잽싸게 할까?"

겐이치는 내게서 상자를 받아 들고 새장으로 다가갔다. 그러자 여섯 마리 모두, 겐이치를 보고 그러는지 상자를 보고 그러는지, 아니면 자신들의 운명을 알아채서 그러는지 일제히 새장 안에서 퍼덕거렸다. 새털이 날리고 모이 찌꺼기가 흩날렸다. 겐이치는 고개를 돌려 '객객' 기침을 해댔다. 새들은 좁은 새장 속에서 연신 퍼덕거리고 '깍깍' 귀에 거슬리는 소리를 냈다.

"이게 뭐야. 잉꼬는 원래 사람을 잘 따르는 거 아니었나."

겐이치는 날리는 깃털을 한 손으로 휘저으며 얼굴을 찡그렸다.

"낯선 사람이라서 그래."

나는 난처해서 그렇게 얼버무렸다.

"얼른 해치우자고."

자신에게 다짐하듯 말하고 겐이치는 오른쪽 끝에 있는 새장을 노려 보았다. 새장 문을 열고 손을 집어넣자 안에 있던 노란 새가 극심한 공포심을 느꼈는지 필사적으로 도망 다녔다. 그러자 나머지 다섯 마리도 덩달아 더욱 난리를 쳐댔다. 마치 우리가 흉악한 범죄라도 저지르는 기분이었다.

새장 속을 헤집던 겐이치의 손이 도망 다니는 노란 새를 붙잡았다. 겐이치는 손을 둥글게 말아 케이크 상자 안에 집어넣고, 둘이 힘을 합쳐 새가 도망가지 못하게 상자를 닫았다. 새들은 한순간 조용해지고 방 안에는 상자 속 노란 새가 날개를 푸드덕거리는 소리만 들렸다. 방바닥에 둔 케이크 상자는 살아 있기라도 한 듯 달싹달싹 미세하게 움직였다.

　　"왠지 기분이 이상해."

　　움직이는 상자를 내려다보며 내가 말했다.

　　"하기 싫다고 안 할 수도 없고."

　　상자 안으로 겨우 한 마리 옮겼을 뿐인데, 벌써 녹초가 된 겐이치가 이렇게 말하며 오른쪽에서 두 번째 새장 앞에 쪼그리고 앉았다. 새에게 지능이 얼마나 있는지 모르지만, 분명 나머지 다섯 마리는 방금 한 마리가 당한 일이 자기들에게도 닥칠 것을 이해하고 있는 듯 보였다. 소란은 가라앉지 않고 더 격렬해졌다. 새들은 날개를 퍼덕거리며 날아다니고, 새장에 부딪혀 떨어지고, 떨어진 줄도 모르고 날개를 퍼덕이며 '깍! 깍!' 울어댔다. 얼굴을 찌푸린 겐이치가 오른쪽에서 두 번째 새장에 손을 집어넣고, 좁은 공간에서 도망 다니는 파란 새를 잡으려고 애쓰는 것을 다다미방 입구에서 가만히 내려다보고 있었다.

엄마가 입원한 것은 일주일 전이었다. 등이 아프다고 말한 것이 한 달쯤 전이었고, 걸을 수 없을 정도로 아프다며 혼자서 병원에 간 것은 꼭 열흘 전이었다. 바로 그 자리에서 입원이 결정되고, 병실에 빈자리가 날 때까지 사흘 정도 기다렸다고 했다. 입원했다는 말을 듣고 다음 날 일을 쉬고 병원으로 갔다. 엄마를 만나는 것도 정월 이후 처음이었다. 4인실의 가장 안쪽에서 팔에 수액을 꽂고 누워 있는 엄마는 나를 보자마자 "새 말이야." 하고 말했다.

"새가 걱정돼서."

"새 타령할 때가 아니잖아. 어떻게 된 거야?"

"이러고저러고 간에 검사 결과가 안 나와서 모르겠지만 그보다도 새를 어떻게 좀 해 주지 않을래?"

왠지 나를 쳐다보는 모습이 처량해 보였다.

"어떻게 해 달라니, 뭘?"

"일주일에 서너 번 모이를 주러 가거나 너희 집으로 데려가거나."

어느 쪽도 안 될 것은 없지만 두 쪽 다 너무 성가시게 느껴졌다. 내가 사는 집에서 엄마 집까지는 전철을 갈아타고 두 시간이 걸린다. 야근이 없는 날에 엄마 집에 들러 모이를 주고 아침에 거기서 출근을 하면 된다. 하지만 이제부터 매일 그래야 한다고 생각하자 마음이 무거워졌다. 새장을 보자기로 싸서 한 마리씩 옮기면 못할 것도 없지만 마라톤 풀코스를 뛰는 편이 차라리 낫겠다. 아무 말이 없자 엄마가 입을 열었다.

"겐 짱에게 차로 태워 달라고 하면 되잖아."

엄마가 너무 당연하다는 듯이 말해서 울컥 화가 치밀었다.

"겐 짱은 차는 고사하고 운전면허도 없어!"

나는 쏘아붙이고 나서 바로 알았다. 진짜 말하고 싶었던 것은 그게 아니라는 것을.

"나, 참, 사내놈이……."

엄마는 중얼거리고 나서 천장을 올려다보며 "어쩌지, 새를……." 하고 어딘가 어린애로 되돌아간 듯이 말했다.

"아마 네 마리였지?"

"여섯 마리."

내 물음에 엄마가 천장을 본 채 대답했다. 넉넉한 크기의 창문으로 가을의 노란 햇살이 한가득 들어왔다.

"치코, 삐코, 치치, 루루 짱, 리리 짱, 미야코 짱."

손가락을 꼽으며 노래 부르듯이 말했다. 그런 엄마를 보고 있자 왠지 모르게 도망가고 싶을 정도로 섬뜩한 기분이 들었다.

"미야코 짱이라니, 이름도 이상하네."

나는 그런 기분을 떨쳐내듯 말했다.

"그런데 말이야, 고양이처럼 우는 새가 한 마리 있어. 너도 들으면 깜짝 놀랄걸."

엄마는 기운 없이 고개를 내게로 돌리며 심각한 얼굴로 말했다.

나는 간호사 대기실로 가서 등을 구부리고 뭔가 적고 있는 간호사에게 엄마가 얼마 동안 입원해야 하는지 물었다. 내가 알고 싶었던 것은 엄마의 입원 기간이 아니라 새를 돌봐야 하는 문제에 대한 답이었다. 젊은 간호사는 안됐다는 표정을 지으며 아직 검사 결과가 나오지 않았다고 했다. 결과가 나오면 알려 주겠다며 용지 하나를 주고선 필요한 사항

들을 적으라고 했다. 내 이름과 주소, 집과 직장 전화번호, 휴대전화 번호를 적어 넣는 나에게 간호사가 딸이냐고 물었다. 내가 고개를 끄덕이자 간호사는 말했다.

"우치다 씨가 어제 혼자 오셨길래 가족분은 함께 안 오셨냐고 물어봤죠. 그랬더니 가족은 없고 자신은 천애 고아라고 하시더라고요. 농담이었네요. 참 다행이에요."

병원 복도는 약간 어두웠고 이상한 냄새가 났다. 8년 전, 아버지가 병원에서 돌아가셨는데 그때 걸었던 복도도 이런 냄새가 났던 것이 생각났다. 병실 문이 모두 활짝 열려 있어 안을 흘끔거리면서 걸었다. 축 늘어져 누워 있는 환자의 발이 몇 보였다. 모두 창백하고 생기가 없어 보였다.

"뭐해, 얼른 뚜껑 닫아!"

겐이치의 소리에 정신을 차리고, 겐이치가 두 손을 넣은 상자를 눌러 후다닥 뚜껑을 닫았다. 다다미 바닥에 놓아둔 두 상자가 드드드 드드드 움직임을 멈추지 않았다.

겐이치는 새장에 손을 집어넣어 도망가려는 새에게 쪼이면서도 두 손으로 새를 잡아 상자로 옮기는 일을 말없이 계속했다. 나도 말없이 뚜껑을 닫았다. 뚜껑을 닫은 상자는 모두 다다미 바닥에서 기분 나쁘게 움직거렸다. 어느 상자에서는 곧 죽을 것 같이 내지르는 소리가 들렸다. 그러자 다른 새들도 제각기 기이한 소리로 울어대고 상자의 달그락거리는 소리는 커져만 갔다. 혼이 쏙 빠졌다.

여섯 마리를 다 상자에 넣고 나자 우리는 녹초가 되었다. 방 안에는 솜먼지처럼 깃털이 흩날리고, 먼지가 날리고, 좁쌀 같은 모이가 흩어지고, 노란 털, 파란 털이 여기저기 흩어져 있었다. 겐이치는 이마에 땀이 맺힌 칙칙한 얼굴로 방바닥에 앉아 있었다. 맹장지문*에 뭔가 얼룩이 있어 자세히 보니 피였다. 군데군데 피가 튀어 있었다.

"겐 짱, 어디 쪼인 거 아니야?"

주저앉아 있는 겐이치의 손바닥 양쪽을 모두 살펴보았으나 상처는 어디에도 없었다.

"그렇다면 새 중, 어느 놈이 다쳤다는 건데."

겐이치가 넌더리 난다는 투로 말했다.

"다쳤다고?"

---

* 햇빛을 막기 위해 창살의 안팎에 두꺼운 종이를 겹으로 발라서 방과 마루 사이나 방과 방 사이의 칸을 막아 끼우는 문

"날뛰다가 새장에 긁힌 거 아냐?"

우리는 성가시다는 표정으로 다다미 바닥의 상자를 내려다보았다. 여섯 개의 상자는 마술처럼 저절로 꿈틀대고 있었다. 어느 상자에 든 새가 다쳤는지 알아볼 엄두가 나지 않았다. 다다미방 창으로 석양이 들어왔다. 솜털과 먼지는 여전히 날아다니고 연한 주황빛으로 물든 상자는 조금씩 계속 꿈틀거리고 있었다. 저절로 움직이던 상자 하나가 천천히 다다미방 한쪽 구석까지 왔다. 그리고 문지방을 넘더니 복도로 '툭' 떨어졌다. 그러더니 상자 안에 있던 새는 또 마구 파닥거렸다. 날개를 종이 상자에 문지르는 소리가 나고 '깍깍' 우는 소리가 났다. 또다시 여섯 상자가 소란을 피우기 시작했다. 이대로 여기서 하룻밤을 보내라고 하면 머리가 돌아 버릴 것 같다는 생각이 들었을 때 겐이치가 벌떡 일어섰다.

"어쨌든 옮기자고. 다 옮기면 그쪽에 가서 새장을 사야겠지. 꾸물거리다 가게 문 닫을라."

나도 허둥지둥 일어섰다.

종이봉투 셋에 상자를 나누어 담고 겐이치가 둘, 내가 하나를 들고 집을 나섰다. 전깃불을 끄고 신발을 신은 후 현관에서 어두워진 집 안을 돌아봤다. 놀랍도록 조용했다. 예전의 북적거림— 할머니가 있고 아버지가 있고 엄마가 있고 친척이나 친구가 늘 놀러 와서 북적북적했었는데, 그 흔적은 사라지고 마치 폐허 같았다. 돌아올 사람도 없고 이대로 사라져버릴 것만 같은 정적이었다. 나는 허둥지둥 밖으로 나와서 얼른 열쇠로 문을 잠갔다. 종이봉투 안의 새는 몹시 얌전했다.

민자철도인 상행선은 자리가 텅텅 비어 있었다. 우리는 구석의 3인용 자리에 앉아 조심조심 무릎에 상자를 올려놓았다. 문이 닫히고 전차가 달리자 내가 갖고 있던 종이봉투 속의 새들이 푸드덕거리는 소리가 들렸다.

"이 새들은 태어나서 처음으로 전철을 타는 거네."

질린 기분을 달래 보려고 나는 일부러 밝게 말했다.

"이 소리도, 진동도, 무슨 일이 일어나고 있는지 새들은 전혀 모르는 거지."

겐이치는 마치 자신이 말도 안 되는 일을 당하기라도 한 것처럼 얼굴을 찡그리며 말했다. 전철이 크게 흔들리자 이번에는 겐이치의 종이봉투에서 '짹짹' 우는 소리가 나고 날개를 종이봉투에 푸드덕거리며 부딪히는 소리가 났다. 우리는 서로 쳐다보았다.

"무릎에 올려놓지 마. 흔들리니까."

겐이치는 진지하게 말하더니 종이봉투를 든 두 손을 몇 센티미터 들어 올리고 나서 내게도 그렇게 하라고 재촉했다. 막상 해보니 생각보다 팔이 아팠다. 물이 가득 든 양동이를 들고 벌서는 기분이었다.

"이렇게 하면 봉투가 흔들려서 더 난리 피우는 거 아냐."

나는 볼멘소리를 하고 무릎에 종이봉투를 내려놓았다. 나는 겐이치의 이런 명령조가 싫었다. 자신이 생각하는 것이 세상에서 가장 옳다고 믿는 것만이 아니고, 내가 하는 일이 세상에서 가장 그르다고 생각하는 것이 틀림없었다. 그런 점이 나에게 공연히 상처를 주었고 나를 불안하고 실망하게 했다.

"무릎에 올려놓으면 안 좋아. 봐! 네 봉투에서 우는 소리가 나잖아."

"그쪽에서도 나잖아. 어쩔 수 없어. 흔들리니까."

"피 흘리는 새가 있으니까 그렇지."

"봉투를 그렇게 들고 있다고 해서 새가 안심하는지는 알 수 없잖아."

"그러게……."

겐이치는 말하려다 말고 한숨을 푹 쉬었다. 나는 얼굴을 옆으로 휙 돌렸다. 맞은편에 앉은 아이가 눈을 동그랗게 뜨고 우리와 우리가 들고 있는 봉투를 번갈아 보고 있었다. 옆에서 졸고 있는 엄마를 흔들어 깨우더니 여전히 졸린 눈을 한 엄마에게 살짝 뭔가 속닥거리고 있었다.

"이제 와 새삼스레 싸울 필요 없잖아."

외면한 채로 내가 말했다.

겐이치는 "그렇긴 하지만." 하고 입속으로 중얼거리다가 "그렇지." 하고 분명히 말했다.

이혼서류를 쓴 것은 3주 전이었다. 그것을 부엌 식탁에 둔 채로 각자 짐을 챙겨 며칠 뒤에 이사했다. 이혼서류는 겐이치가 가져갔다. 아마도 이사한 다음 날 구청에 제출했을 것이다.

나는 그런 사실을 엄마에게 말할 수 없었다. 흙장난으로 더러워진 옷을 숨기듯 줄곧 숨겨왔다. 마치 둘이 함께 이사한 것처럼 새 주소를 알려주었다. 병원에서 엄마가 겐 짱에게 차로 운전해 달라면 되지 않냐고 말했을 때도 난 말할 수 없었다. 겐 짱이 이제는 완전 남이라는 사실을. 그러나 막상 새 옮기는 걸 도와달라고 부탁할 만한 사람이 지금으로서는 겐이치 말고는 떠오르지 않았다.

전철이 터널로 들어가자 굉음이 들렸다. 왠지 나 자신이 상자 속에 갇힌 새처럼 느껴져 몸을 움츠렸다. 어느 상자에선가 죽을힘을 다해 도망치려고 몸부림치는 소리가 들렸다. 건너편 아이 엄마는 아직 졸고 있었다. 아이는 부스럭거리는 봉투를 든 어른들을 휘둥그레 뜬 눈으로 지켜보았다.

왜 이혼하게 됐을까? 수없이 생각한 걸 아직도 생각하고 있다. 성격이 맞지 않았다. 나는…… 겐이치의 명령조를 순순히 따를 만큼 너그러운 여자가 못 되었고 겐이치도 내 억지 섞인 반박을 웃어넘길 정도로 성숙한 남자가 아니었다. 그 정도 답은 이미 나왔지만, 진짜 이유는 다른 데 있었을 것이다. 결혼 전부터 그 정도는 알고 있지 않았던가. 겐이치가 근거 없이 자신만만한 남자라는 것도, 내가 아이처럼 마구 덤벼드는 여자라는 것도. 어느 한쪽에 좋아하는 사람이 생긴 것도 아니었다. 그런데 이혼이라는 말이 나오자마자 일사천리로 일이 진행되었다. 우리는 서로의 생활에 넌더리를 내던

참이었다. 6년이나 사귀었는데 결혼한 지 1년도 안 되어 이혼서류를 집으로 가져왔다. 각자 한 장씩. 그것도 같은 날에. 그것만은 마음이 맞았다.

이불을 접는 방법, 설거지 방법, 화장실 쓰는 방법, 칫솔 고르는 방법 등등 하나부터 열까지 달랐다. 당연하다. 타인이니까. 처음 사귈 당시는 웃고 넘어갔다. "그렇지만 말이야, 너 있잖니." 하고 나는 여자 친구들에게 말하곤 했다.

"그이는 말이야, 전동칫솔은 치약이 튀는 데다가 치석이 안 떨어진다고 아무리 설명해도 막무가내야. 그뿐인 줄 아니? 요즘 시대에 수동 칫솔을 쓴다고 원시인 취급한다니까. 정말 질렸어. 하하하. 베갯잇을 일주일, 어떤 때는 한 달도 갈지를 않아. 마음대로 빨면 화를 내. 잠이 잘 안 온다나. 믿어져? 그러면서도 창틀엔 왜 그리 집착해서 청소하는지. 머리가 좀 어떻게 된 거 아니야?"

그래도 6년이나 사귀었으니 어딘가 제법 맞았던 건데. 어쩌면 우리 둘 다 방심했던 것이 아닐지. 우리는 겉으론 웃으면서도 속으로 화가 치미는 습관의 차이, 그것을 고집하는 상대의 완고함이 결혼하면 싹 사라질 거라고 막연하게 믿었다.

그러나 막상 결혼하자 우스개에 불과하던 그 하찮은 일들이 주술적인 힘이라도 지닌 듯 우리 사이를 파고들었다. 우리는 불결한 베갯잇도 아닌, 수동 칫솔도 아닌, 별것도 아닌 걸 고집하며 상대방을 배척하는 그 상대방을 용서할 수 없게 되었다. 작은 차이가 금전 감각의 차이, 가치관의 차이, 인생관의 차이, 인간성의 차이로 확대됐고 뿌리 깊은 분노로 이어졌다.

'왜 그랬을까? 나는 그 이유를 모르겠다. 엄마에게 털어놓지 못한 것은 그 때문이다. 아이고, 요 맹추야! 엄마는 그러겠지. 나도 그렇게 생각한다. 다른 사람이니까 다른 점은 얼마든지 있는 거라고 말하겠지. 나도 그렇게 생각한다. 왜 그렇게 제멋대로고 편협한 인간으로 자랐냐고 하겠지. 그렇게 살면 평생 외톨이라고 하겠지. 나도 그렇게 생각한다. 그렇지만 도저히 어쩔 도리가 없었다. 나는 용서할 수 없었고 용서받을 수 없었다. 엄마는 이 세상이 끝나 버린 듯 깊은 한숨을 쉬겠지. 나는 나쁜 짓을 하다 들킨 어린아이처럼 고개를 숙이고 더는 아무 말도 할 수 없을 것이다.'

"나 입원했어."

엄마가 전화로 말했을 때 마음속으로 안도했다. 나 자신
도 이해할 수 없는 이혼 사유와 이혼 보고를 미룰 수 있어서.
우선 미룰 수 있다는 사실에 가슴을 쓸어내렸다. 엄마에게
혼나지 않고, 엄마를 실망하게 하지 않고, 엄마에게 비난당
하지 않고, 엄마가 기막혀하지 않도록 미룰 수 있다는 생각
이 먼저 들어, 이미 서른 넘은 나이인데도 안심이 되었다. 엄
마의 병세가 어떤지 걱정하기 이전에.

창밖은 이미 어둡다. 포돗빛 하늘 아래 집집마다 불이 켜
져 있었다. 앞 좌석에 앉아 있던 아이와 엄마는 언제 내렸는
지 어느새 젊은 커플이 앉아 있었다. 바싹 붙어 앉아 서로 얼
굴을 들여다보고 쿡쿡대며 웃고 있었다. 종이봉투 속이 이상
하리만큼 조용해졌다.

"죽었으면 안 되는데."

내가 방금 생각한 것과 똑같은 말을 겐이치가 했다.

"설마, 죽었겠어?"

"새는 쇼크나 스트레스로도 죽는대."

'정말로 죽었을지도 몰라!' 종이봉투 속을 들여다보면서

나는 생각했다. 집에 도착해서 겐이치와 둘이 케이크 상자 속에서 죽어 있는 새를 본다면 정말 찜찜한 기분일 것 같았다.

"그러고 보니 인간에게 잘 길든 새는 죽는 모습을 주인에게 보이지 않는다던데."

문득 생각이 나서 내가 말했다.

"그래? 그게 뭔 말이야. 고양이가 그렇다는 이야기를 들은 적은 있지만."

"예전에 엄마가 그랬어."

중학생 때의 일이다. 내가 어릴 적부터 우리 집은 새를 길렀다. 사랑새, 문조, 유황 앵무새. 케이크 상자에 담긴 새들과 달리 잘 길든 새들이었다. 대부분 새가 새장 문을 부리로 여는 방법을 터득해서 맘대로 날아와 어깨에 앉곤 했다. 그 새들이 죽은 것을 나는 한 번도 본 적이 없었다.

어느 날 학교에서 집에 와보니 두 마리 중에 한 마리밖에 없었다. 어떻게 된 거냐고 엄마에게 물었다.

"엄마가 이상해서 들여다보니까 어느새 없어졌더라. 틀림없이 죽을 때를 예감하고 문을 열고 어딘가로 날아가 버린 거야. 새는 키우는 주인에게 죽은 모습을 절대로 보이지 않는데."

그게 엄마의 대답이었다.

"난 그런 이야기 들은 적 없는데."

"그래. 지금 생각하니 뭔가 이상하긴 하네."

순간 우리는 마주 보았다. 같은 생각을 하고 있다는 걸 알았다. 엄마가 죽은 새를 치웠던 것은 아닐까. 내가 학교에 간 사이 죽은 새를 살짝 꺼내 아무도 모르게 정원에 묻었던 것은 아닐까. 어린 딸에게 생명체의 죽음을 보이지 않으려고.

"아이라서 엉엉! 끝없이 울잖아."

나도 모르게 불쑥 말이 나왔다. 본 것도 아닌데 정원 구석에 쭈그리고 앉아서 흙을 파고 있는 엄마의 모습이 너무도 선명하게 떠올랐다.

"장모님은 상태가 어떠셔?

종이봉투로 시선을 떨어뜨리며 겐이치가 물었다.

"검사 결과를 기다리고 있어서 아직 아무것도 모르는데 여전하셔."

대답하고 나자 입원 중인 엄마가 여전한지 어쩐지 조차도 내가 모른다는 걸 알았다.

"천애 고아 같은 몸이라고 말도 안 되는 거짓말을 간호사에게 했더라고."

나는 살짝 덧붙이듯 말했다. 엄마가 말한 거짓말의 의미를 난 모르겠다. 여섯 마리의 새는 전혀 움직이지 않았다. 봉제 인형을 옮기는 게 아닐까 싶을 정도로 가만히 있었다.

생각이 났다. 작년인지 재작년인지, 그때는 아직 세 마리만 들어 있는 새장 앞에 엎드려 아기에게 말을 걸듯이 사랑스럽게 어르던 엄마의 모습이.

"치 짱! 착한 아기지. 치 짱! 안녕! 안녕! 안녕이라고 따라 해봐."

거실 소파에서 나는 그런 엄마를 보고 있었다. 엄마의 목소리를 듣다 보니 문득 눈앞을 스치는 광경이 있었다. 아기 침대의 난간, 천장 가까이에서 빙글빙글 도는 장난감, 한 귀퉁이가 올 풀린 여름 이불. 그건 기억이 아니고 상상이었나. 어쨌든 엄마가 새장 너머로 눈을 맞추고 있는 게 바로 나 자신인 것처럼 느껴졌다.

"천애 고아라."

겐이치가 무덤덤하게 따라 했다.

환승역에서 내려 종이봉투가 너무 흔들리지 않도록, 앞에서 걸어오는 사람들과 부딪히지 않도록 신경 쓰며 건너편 홈으로 갔다. 종이봉투는 여전히 쥐죽은 듯 조용했다. 정말 죽었을지도 모른다는 생각이 다시 들자 종이봉투가 괜히 더 무겁게 느껴졌다. 플랫폼에서 개천이 내려다보였다. 주위는 완전히 새까맣고 가로등 불이 비친 개천은 하얗게 빛나고 있었다.

상행선은 혼잡한 정도는 아니었지만 앉을 자리는 없었다. 우리는 차량 연결 부분 옆에 서서 말없이 각자의 봉투만 내려다보고 있었다. 왠지 내가 새가 된 듯 숨이 막혔다. '잘 지내고 있다가 불시에 커다란 손바닥에 붙잡혀 필사적으로 버둥거린다. 그러나 허무하게 영문도 모른 채 비좁은 곳에 갇혀 낯선 어디론가 끌려간다.' 그런 기분이 들었다. 겐이치도 비슷한 감정을 느끼고 있었을까. 안간힘을 다해 참고 있는 얼굴이었다.

전철이 지하로 들어갔다. 평소엔 익숙했던 굉음이 유난히 듣기 괴로웠다. 온몸이 저릿저릿 저렸다. 전철이 크게 흔들릴 때마다 심장이 쿵쾅거리고 공포감이 들었다. 완전히 새와 동화된 느낌이었다. 종이봉투 하나를 얼굴 가까이에 들어 올려 귀를 대보았다.

"그만둬! 흔들리잖아."

겐이치가 날카로운 목소리로 소리쳤다.

"아니, 살았는지 어쩐지 걱정돼서."

그때 높이 쳐든 봉투에서 '삐익 삐익' 날카롭고 높은 새의 울음소리가 났다. 근처 승객들이 일제히 나를 보았다. 나는 살그머니 종이봉투를 원래 있던 자리에 내려놓았다.

"적어도 한 마리는 살아 있어."

겐이치를 올려다보며 그렇게 말하자 "그럼." 하고 미간을 찌푸리며 끄덕였다.

전차는 정차와 출발을 반복했다. 집이 이렇게 멀게 느껴진 적은 없었다. 지하를 달리는 전철 유리창에 나와 겐이치의 피곤으로 찌든 얼굴이 나란히 비쳤다. 표정은 전혀 다르지만, 그 구도는 결혼식 사진을 연상하게 했다. 사진 속의 나와 겐이치는 이렇게 나란히 서서 웃음을 참을 수 없다는 듯이 웃고 있었다.

"미안."

나는 옆으로 다가서는 겐이치에게 살짝 말했다.

"겐 짱에게 부탁할 처지도 아닌데 달리 부탁할 사람이 없어서."

"괜찮아. 새삼스럽게 뭘."

겐이치는 시무룩하게 말했다.

그러더니 잠시 후에 중얼거렸다.

"케이크 컷팅이 생각나."

"뭐? 케이크?"

"거 있잖아. 결혼식 때 케이크 컷팅! 이게 부부가 처음 하는 공동 작업이라고 사회자가 그렇게 말하잖아."

"아아, 그거."

케이크 아래쪽 절반은 가짜였다. 진짜 케이크인 부분에 나이프를 살짝 갖다 댔다. 결혼식 사진에서는 나도 겐이치도 웃고만 있었다. 배꼽 잡고 웃어대고 있었다. 잇몸이 보이도록 웃고, 웃다가 눈가에 고인 눈물을 훔치며 웃고 있었다. 결혼하는 것이 기뻐서 웃는 게 아니라 부끄러워서 웃었던 거다. 6년이나 함께 지내면서 칫솔 문제니 베갯잇이니 옥신각신했다. 그런 자신들이 서약이니 케이크 컷팅이니 반지 교환

같은 것을 진지하게 하고 있다는 것이 부끄러워서.

"아까부터 내가 생각해봤는데 첫 부부 공동 작업을 시키려면 케이크를 자르게 할 게 아니고 새를 운반하게 해야 해."

겐이치가 말했다.

"뭔 소리야?."

"부부가 될 사람들은 전철을 갈아타고 두 시간 정도 새를 옮기게 하는 거야. 그 두 시간을 견뎌낸다면 일단은 괜찮을 거 같지 않아?"

겐이치는 오늘 처음으로 소리 내 웃었다.

"고작 새 나르는 정도로? 비약이 심한데."

"케이크보다는 낫잖아."

난 잠시 생각해 보았다.

"우린 한발 늦었네."

"뭐, 다음에 기회가 되면 한번 해보지."

"두 번 다시 하기 싫지만."

우리는 창에 비친 서로의 얼굴을 보며 피식 웃었다. '삐익 삐익' 한 마리가 다시 울었다.

일단 종이봉투를 내 방에 들여놓고 역 앞에 있는 할인매
장에서 접이식 새장을 여섯 개 사서 겐이치와 나눠 집으로
들고 왔다. 이사 온 지 한 달도 채 안 된 아파트에는 아직도
이삿짐 상자가 수북이 쌓여 있었다. 이곳에 겐이치를 부르게
될 줄은 생각도 못 했었다. 겐이치는 내 방을 살펴볼 겨를도
없이 살그머니 케이크 상자를 꺼냈다. 마루에 내려놓자마자
부스럭거리며 기분 나쁘게 움직이는 상자도 있고 쥐 죽은 듯
조용한 상자도 있었다. 마룻바닥에서 움직이는 상자를 보자
극도로 안심이 되었다. 움직이는 상자 안에는 살아 있는 새
가 있다는 증거니까.

겐이치와 나는 말없이 새장을 조립했다. 여섯 개의 케이
크 상자 중 다섯 상자가 마루 위에서 조금씩 움직거렸다. 하
나는 전혀 움직이지 않았다. 아까는 움직이는 상자가 꺼림칙
하더니 지금은 움직이지 않는 상자의 정적이 더 섬뜩했다.

움직이는 상자부터 열 것인지 꿈쩍 않는 상자부터 열 것
인지로 또 말다툼을 약간 했다. 결국엔 내 주장대로 움직이
는 상자부터 열기로 했다. 나는 움직이지 않는 상자 안에 죽
은 새가 있다고 확신했다. 죽은 새를 보는 걸 조금이라도 늦

추고 싶었다.

내가 상자를 열고 겐이치가 두 손을 집어넣어 새를 잡아야 하는데 그사이 벌어진 틈으로 새가 도망가지 않도록 상자 입구를 내가 막았다. 겐이치가 새를 상자에서 꺼냈을 때 나는 재빠르게 새장 문을 열었다. 그렇게 반복했다. 새장에 놓아준 새는 여전히 푸드덕푸드덕 날아다녔다. 온통 깃털이 날렸고 귀가 따갑도록 울어댔다.

삐코인지 치코인지 미야코인지 모르겠지만 어쨌든 다섯 마리를 새장에 넣는 데 성공했다. 이제 움직이지 않는 상자도 열어야 했다. 우리는 아무 말 없이 얼굴을 마주 보며 무슨 중대한 결의라도 하듯이 끄덕이고, 마지막 상자를 가운데 두고 쭈그리고 앉았다.

쇼크나 스트레스를 심하게 받아 약해질 대로 약해져 상자 안에 차갑게 뻗어 있는 새의 모습이 눈에 선했다. 입에서는 거품같은 게 나와 있고 희미하게 눈을 뜨고 죽어 있는 새. 만일 죽었다면 지금부터 어딘가로 묻으러 가야 한다. 겐이치는 그때까지 함께해 줄까.

묻을 흙이 있는 곳이라곤 신사나 공원뿐이다. 컴컴한 어둠 속에서 쭈그리고 앉아 흙을 파야 하나? 이제껏 아무것도 함께해 본 적이 없었던 우리가 도대체 무엇을 공유하고 있는 걸까. 오늘 밤에 대해 어떤 기억을 하게 될까.

끝까지 아이로 남고 싶었다. 불현듯 나는 마음속으로 외쳤다. 아무도 내게 새의 죽음을 알려주지 않는 아이로……. 안이 어떤 상태인지 모르는 상자를 스스로 열지 않아도 되는 어린아이로 있고 싶었다. 아무것도 결정하지 않고 아무것도 선택하지 않는 어린이의 부자유가 갑자기 미친 듯이 그리웠다.

"뭐 하는 거야!"

겐이치가 소리 지르는 통에 내가 눈을 질끈 감고 있다는 것을 알았다. 눈을 감은 채로 상자를 열었기 때문에 틈을 막았다고 생각했지만, 전혀 엉뚱한 곳에 손을 대고 있었다.

눈을 뜨자 노란 물체가 눈앞을 휙 지나쳤다. 여섯 번째 새다. 살아 있었다. 살아서 겐이치의 손에서 벗어나 뚜껑 틈새로 도망 나간 것이다.

"앗, 어구!"

겐이치가 당황해서 벌떡 일어나 천장 가까이 날아다니는 노란 새를 붙잡으려고 했다. 나도 일어서서 두 손을 머리 위로 치켜들고 새를 쫓았다. 새가 놀랐는지 '푸드덕' 깃털을 흩날리며 날아다니고 커튼을 친 유리창에 부딪혔다가 마룻바닥에 떨어지면서도 죽을힘을 다해 퍼덕거리더니 다시 날아다녔다. 우리는 묘한 춤을 추듯 양손을 올리고 새를 쫓아다녔다. 이삿짐 상자에 발이 걸리고 뚜껑이 열린 케이크 상자를 밟아가면서. 우리 손을 피해 허공을 날아다니는 새는 형광도료를 바른 것처럼 선명한 노란 색이었다. 왠지 작은 빛처럼 보였다. 손바닥에는 결코 머물러 있지 않을 빛처럼……. 우리는 그걸 잡겠다고 꽝 부딪히고, 초조해하며 경쟁하듯이 팔을 뻗었다.

새는 켜지지 않은 텔레비전으로 돌진해 충돌하더니 둔탁한 소리와 함께 마룻바닥에 떨어졌다. 그 순간 나는 달려들다시피 해서 두 손으로 새를 붙잡았다.

"죽었어? 안 죽었어? 굉장한 소리가 났는데."

뒤에서 나를 보고 있던 겐이치가 물었다.

살며시 손을 펴니, 노란 새가 체념한 듯 작고 새까만 눈으로 나를 보았다.

　"휴, 살아 있어."

　내 손안에서 가늘게 떨고 있는 새의 몸이 따뜻하기 그지
없었다.

파슬리와 온천

팔을 세게 잡아당긴다. 빼려고 해도 단단히 붙잡혀서 도무지 빠져나올 수 없다. 그 힘에 어쩔 수 없이 딸려간다. 당기고 있는 정체도 내가 서 있는 장소도 잘 알 수 없다. 그런 알 수 없는 꿈을 꾸다가 잠에서 깼더니 전화벨이 울리고 있었다. 마치 나를 잡아끌 듯 집요하게 울렸다. 눈을 뜨고 천장을 샅샅이 살펴보고 '아, 그래, 내가 오다하라에 있는 친정에 와 있지.' 마음속으로 읊조리듯이 상기시켰다. 상반신을 일으키던 참에 전화벨 소리가 멈췄다가 다시 자려고 하는 순간에 또 울렸다. 할 수 없이 일어나 방을 나가 삐걱거리는 계단을 내려갔다.

　현관 옆에 놓인 검은 전화기를 들자 여자의 고음이 들려왔다.

"저기, 오늘 오후에 어떤 손님이 오신다고 하던데요."

보나 마나 장난 전화려니 해서 어디에 거셨냐고 불쾌하게 물었다. 어디냐는 나의 말을 가로막고 여자는 고압적으로 물었다.

"저는 S종합병원 외과 병동의 우치타라고 합니다. 구라니시 후미코 씨의 가족이시죠?"

"네, 그런데요."

대답하는데 기분 나쁜 예감이 슬금슬금 들었다.

"구라니시 씨가, 오늘 오후에 손님이 오신다며 코의 튜브를 빼려고 하길래 말렸더니 난리를 치네요. 좀 곤란해요. 설명해 드렸다시피 그 튜브로 위액을 뽑고 있어요. 튜브를 함부로 빼면 구토를 유발할 위험이 아주 커요. 수술을 막 끝냈으니 지금은 구토가 나지요. 기도가 막혀 질식할 가능성도 있고요."

여자는 카랑카랑 울리는 목소리로 쉴 새 없이 떠들었다. 그 목소리에서 아니 그보다는 발밑에서 퍼지는 불길한 예감에서 도망치기 위해, 나는 어두운 복도로 시선을 돌렸다. 안

방 문이 살짝 열려 있었다. 사람이 지나가는 기척이 났다.

'뭐야, 아버지가 일어나 있었던 거야. 일어나 있으면서 왜 전화벨이 울려도 받지 않은 거야?'

아버지에 대한 짜증이 여자의 목소리와 좋지 않은 예감으로부터 나를 단번에 벗어나게 해 주었다.

"오늘 이쪽으로 오실 거예요?"

전화 건 쪽에서 갑자기 물었다.

"아, 네, 갈 생각인데요."

"되도록 빨리 오세요. 면회시간은 지키지 않아도 되니까요."

"가기는 가는데요. 그렇지만……."

"그럼, 기다릴게요."

내가 무엇을 하면 되냐고 물을 작정이었는데, 그 여자는 내 말을 끊고 일방적으로 전화를 끊었다.

수화기를 내려놓고 안방 문을 열었다. 아버지는 유리문이 있는 마루방에서 의자에 앉아 신문을 읽고 있었다. 유리문 건너편에는 정원이 있다. 손질하지 않아 잡초가 무성하고 나무들은 햇빛을 가릴 정도로 가지가 자라나 있었다. 나뭇잎

사이로 들어오는 햇빛이 윤곽을 만들어 아버지가 그림 속의
사람처럼 보였다.

"아버지, 일어났으면 전화를 받아야지."

"아, 그래."

아버지는 신문에서 얼굴을 떼지도 않고 대답했다.

"나는 밥 먹고 병원에 갈 건데 아버지는 어떻게 할 거야?"

"그러게. 어찌해야 하나."

간다고도 가지 않는다고도 대답하지 않았다. 휙휙 신문
을 넘기는 소리만 났다. 나는 아버지를 뒤로하고 안방을 나
왔다. 건너편 부엌으로 가서 커피 메이커를 작동시키자 신문
을 한 손에 든 아버지가 따라 들어왔다. 아버진 딱히 뭘 하는
것도 아니면서 부엌 구석에 우두커니 서 있었다. 아버지도
아침 생각이 있나 보다 싶었지만, 나는 일부러 볼멘소리를
했다.

"뭐야, 갑자기."

"아니, 그냥."

아버지는 입안에서 중얼거리듯 말하고 텔레비전을 켜고
부엌과 연결된 거실 소파에 앉았다.

아버지는 이 고장의 중학교 교감이었다. 8년 전에 정년 퇴임한 후에 실버 인재센터에 신청해서 몇 가지 일을 했다. 수영장 감독, 제지공장의 사무직, 주차장 관리인 등등. 그러나 어느 것 하나 오래 하지 못했다. 오랫동안 '선생님, 선생님'이라고 불려 와서 남에게 지시받는 것이 괴로웠을 거라고 엄마가 말했다. 아버지는 올해는 일 년 내내 집에만 있었다. 무엇을 하려고도 하지 않았다. 오전 내내 세 종류의 신문을 읽고 오후가 되면 텔레비전을 보거나, 혼자서 바둑을 두거나, 역사 소설을 읽거나, 어쨌든 집 안에 있다가 밤에는 일찍 잤다. 대충 대답하는 것 외에는 일절 입도 안 열고, 요리는 고사하고 차도 못 끓이고, 국수든 파스타든 주는 대로 그저 말없이 먹기만 하는 아버지는 왠지 반항기와 은둔형 외톨이가 세트로 된 아이를 연상시켰다. 아버지가 집에 있게 되면서 엄마는 매일 전화를 걸어서 아버지의 일거수일투족을 못마땅해하며 고자질했다.

"어느 날 외출을 했는데 갑자기 비가 오지 않겠니. 그래서 아버지한테 빨래 좀 걷어달라고 전화를 했어. 빨래 걷는 일쯤은 초등학생도 할 수 있잖아. 그런데 "응, 알았어." 대답만

하고 한 귀로 흘려듣더니 비를 홀딱 맞힌 거야. 비를 홀딱!"

"진종일 뒹굴뒹굴하느니 마당의 나무 손질이나 좀 해 달라고 했어. 그랬더니 엄청나게 큰 돌절구를 사 와서 정원에 두는 거야. 그게 무슨 짓이야. 돌절구를 어쩌려고."

"너희 아버지, 좀 치매 기운 있는 것 아냐? 욕조에 물을 받지 않고 목욕탕에 불을 때서 난리가 났었어. 불나기 직전이었다니까. 욕조를 못 쓰게 됐어. 이젠 정말 구제 불능인 남자라니까."

떨어져 살고 있었으니까 나에게는 엄마의 그런 넋두리가 모두 재미있는 이야깃거리로 들렸다. 소리 내어 웃을 때마다 웃을 일이 아니라고 엄마는 심각한 목소리로 하소연했었다.

"있잖니, 나, 노이로제 걸릴 것 같아. 계속 집에만 있으니까 머리가 이상해지는 것 같아. 너라도 제대로 결혼하면 내가 이 집을 나가버리겠지만 당장 그럴 수도 없잖니. 결혼이 정해질 때 한부모 가족이라고 하면 안 좋게 생각하고 게다가 아버지가 사돈 될 사람에게 제대로 인사할 리도 없고. 너만 빨리 시집을 가 준다면 내가 얼른 이 집을 나가련만. 그런데 너,

도대체 언제 결혼할 거니, 어째서 그런 이야기가 없는 거야."

6월에 엄마가 입원했다. 휴가를 내 귀성하여 아버지와 함께 병원에 갔더니 의사는 우리 세 사람을 진찰실로 불러 엄마가 위암이라고 설명했다. 다만 심각한 것은 아니고 위를 3분의 1 절제하면 충분히 원래대로 생활할 수 있다고 했다. 암이라는 병명을 본인 앞에서 알리는 것에 대해 놀랐지만, 아버지와 엄마는 의외로 침착했다.

"다, 저이 탓이야."

아버지가 서둘러 집으로 돌아가자 병실로 들어온 엄마는 밉살맞다는 듯이 말했다. 의사가 그랬잖니. 위암은 스트레스가 원인이래. 저이가 줄곧 집에만 있는 게 그만큼 스트레스였다니까. 마키코, 그거 알아? 저이가 날 죽일 뻔한 거야. 모든 걸 다 바치다 못해 이제는 목숨마저 빼앗길 처지라니까.

얼굴을 덮고 있던 군살이 다 빠지고 뺨과 이마가 튀어나올 정도로 야윈 엄마가 입을 옹 다물고 뱉어 내듯이 하는 말을 듣고 있으니 섬뜩했다. 난 심각한 정도는 아니라는 의사의 말만 믿고 다음 날 도쿄로 돌아왔다. 엄마는 매일 밤 나에게 전화를 걸었다. 친척 아무개가 왔다가 한 시간도 안 되어 돌아갔다. 아버지에게 갈아입을 잠옷을 가져오라고 했는데 아무리 기다려도 가져오지 않는다. 이런 식이었다. 코로 통하는 튜브를 휠체어 콕에 걸고 링거가 들어가는 가는 줄을 쥔 채 어두운 대기실 구석에서 비상구의 초록 불빛에 의지해 공중전화에 달라붙어 있는 엄마의 모습이 유리 너머로 보이듯 선명하게 떠올라 사라지지 않았다.

결국 2인분의 아침을 준비했다. 아버지 자리에 햄에그와 샐러드, 구운 빵을 놓자 아버지는 흘끔 그것을 보고 귀찮다는 듯이 소파에서 일어나 부엌 식탁에 앉아 먹기 시작했다.

마치 도둑고양이 같다. 건너편에서 밥을 먹으면서 생각해 본다.

"아까 전화 병원에서 온 거야. 엄마가 튜브를 빼겠다고 난리를 쳤대. 나보러 와 달라지만 내가 간다고 무슨 도움이 될까?"

침묵이 숨 막혀서 입을 열었는데 토스트를 입에 넣은 아버지는 "응" 하고 한마디 뱉을 뿐이다. 머리가 이상해질 것 같다는 엄마 말도 수긍이 갔다. 이런 상태로 집에 있으면 아닌

게 아니라 참는 것도 고역일 것이다.

아침을 끝내고 설거지를 하고 옷을 갈아입고 아버지가 뭘 하는지 봤다. 아버진 다시 안방에 들어가 신문을 펼치고 있었다. 창문 너머의 빛을 받은 채 신문을 보고 있는 아버지는 왠지 신기한 동물로 보였다.

"어떡할 거야? 아버지! 난 갈 건데."

말을 건네도 아버지는 신문에서 고개를 들지 않고 "어" 하고 입으로 중얼거릴 뿐이었다.

병실에 가기 전에 간호사 대기실에 들러 환자 이름을 대자 나이 든 간호사가 적고 있던 것을 멈추고 일어섰다.

"아, 구라니시 씨, 아주 난리 났었어요. 지금은 좀 진정되었지만요."

간호사 가슴에 '우치다'라고 쓰여 있는 이름표를 보면서 이야기를 들었다.

"어젯밤엔 독을 마시게 했다면서 소동을 피워대는 바람에 아주 힘들었어요. 수면제를 줘 겨우 재웠죠. 오늘 아침에는 웬일인지 소중한 손님이 온다나. 튜브를 빼내지 않도록 두 손에 이렇게 벙어리장갑을 끼워 놓았어요. 그런데 이런 이상한 모습으로는 어떤 분을 만날 수 없다고 하시니……."

간호사는 마치 같은 반의 누군가에 대해 고자질을 하는 여고생 같은 얼굴로 말했다.

"엄마가 어떻게 된 거죠?"

어제 문병 왔을 때만 해도 엄마는 괜찮았다. 어제는 이렇지 않았다.

"내일은 오지 않아도 돼. 매일 오면 피곤하잖니."

병실을 나서는 내게 엄마는 그렇게 말하면서 손을 저었다. 그래서 간호사가 하는 말이 이해되지 않았다.

"가끔 있는 일이에요."

갑자기 친근한 목소리로 간호사가 말했다.

"나이 든 사람이나 어린아이는 수술 후에 망상과 현실이 섞일 때가 가끔 있어요. 그러니까 걱정할 필요 없어요. 그렇긴 하지만 오늘 아침엔 유난히 심해서 따님이 오면 좀 진정되지 않을까 싶었죠."

몸을 가까이하고 조그만 목소리로 말하는 키 작은 간호사를 나는 멀뚱멀뚱 내려다보았다.

"음, 아무튼 좀 살펴봐요. 잘 주무시겠지만 혹시 일어나서 튜브를 빼려고 하면 말려주세요."

간호사는 나의 등을 툭 쳤다. 간호사 대기실을 나와 엄마가 있는 병실로 갔다.

복도에는 식판이 놓인 배식차가 있었다. 냄새가 나는 이유는 식판에 남긴 음식 탓일 텐데 왠지 토사물 냄새같이 느껴졌다.

4인실 방의 제일 구석으로 가자 침대에 누워 있는 엄마는 눈을 뜨고 있었다. 팔에는 링거, 코에는 튜브, 그리고 양손에는 탁구 라켓 같은 것이 끼워져 있었다. 얼굴을 가까이 가져가자 눈만 움직이며 가녀린 목소리로 말했다.

"만셀 씨가……"

"뭐라고?"

엄마의 입가에 귀를 갖다 댔다.

"만셀 씨가…….”

엄마가 반복해서 말했다.

"오늘 오시니까 양손에 있는 이 이상한 장갑 좀 빼 줘. 이런 몰골로는 만날 수 없잖니."

힘은 없어도 어조는 꽤 분명했다.

"누구야? 만셀 씨가."

파이프 의자를 끌어당기며 물었다.

"아무튼, 좀 빼 줘."

엄마는 그 말엔 대답하지 않고 애원하듯 말했다.

"일단 장갑은 빼 줄게. 튜브는 맘대로 빼면 안 돼."

나는 그렇게 말하고 엄마가 끼고 있는 라켓 모양의 장갑을 벗겼다. 엄마는 양손을 슬그머니 머리로 올려 손가락으로 머리를 빗었다. 시선이 느껴져 건너편 침대를 보았다. 가만히 이쪽을 보고 있던 중년 여성이 어색하게 웃으며 인사를 했다. 그러더니 얼른 작은 텔레비전으로 시선을 옮겼다. 집요하게 손가락빗으로 머리를 매만지던 엄마는 내게 물었다.

"엽서 사 왔지?"

"엽서? 사오란 말 안 했잖아."

"웬일이니, 어제 부탁했잖아. 레이코 씨에게 감사 인사를 써야 한다고!"

"무슨 감사?"

레이코 씨는 아버지의 여동생이다.

"그게 예의지. 이렇게 좋은 곳에 초대해 주셨는데 감사 인사를 드려야지. 어젯밤에는 냇물 소리가 들려 시원하게 느껴지더라. 감사 인사는 빠르면 빠를수록 좋아. 1층 가게에서 엽서 좀 사다 줘. 그래, 말린 꽃이 붙어 있는 엽서가 좋겠어."

나는 물끄러미 엄마를 보았다. 어제와 조금도 다르지 않은 엄마였다. 하지만 무슨 말을 하는지 전혀 모르겠다. 도대체 만셀이 누군지도 모르겠고 레이코 고모에게 엄마가 무엇을 받았는지도 모르겠다. 원래 엄마는 고모를 아주 싫어했다. 게다가 병원 옆에 흐르는 냇물도 없거니와 1층에 압화 엽서를 팔고 있는 가게도 당연히 없다. 간호사가 아까 했던 말이 겨우 이해됐다. 망상과 현실이 마구 섞여 있다. 그러나 머리로 이해는 하겠는데 무슨 일이 일어나고 있는지는 전혀 모르겠다.

"만셀 씨가 내일 오면 내가 사러 가도 되지. 그런데 오늘 온대. 모처럼 왔는데 내가 없으면 미안하잖아. 마키코 짱도 목욕 갔다 오는 게 좋겠어. 엽서는 갔다 오면서 사도 되니까."

"목욕?"

"아래층 긴 복도를 죽 따라가다 막다른 곳에서 오른쪽으로 돌면 또 막다른 곳이 나와 거기가 온천탕이야. 오른쪽이 여탕이니까 실수하지 말고."

엄마는 그렇게 말하고 창 쪽으로 고개를 돌렸다. 나도 무심코 엄마가 보는 쪽을 보았다. 5층 병실에서 보이는 건 낮게 이어진 주택의 지붕과 하얀 굴뚝이 솟아 있는 거대한 공장과 아침 햇살이 눈부시게 맑은 하늘이었다.

"예쁜 색이네."

엄마가 창밖을 바라보며 중얼거리듯 말했다. 무슨 색을 말하는지 확인할 수 없었다. 옆으로 누워 있는 엄마의 얼굴을 들여다볼 수도 없었다.

간호사 대기실로 가자 테이블 주위에서 간호사 몇몇이 시끌벅적하게 담소를 나누고 있었다. 수납 창구에 서 있던 나를 보자 갈색 머리의 젊은 간호사가 열려 있던 과자 통의 뚜껑을 얼른 닫았다. 우치다 씨가 일어나 내 쪽으로 걸어왔다.

"저기, 엄마가…"

키 작은 그 여자 간호사를 내려다보며 말했다.

"엄마가 좀 이상해요."

"그렇다고 했잖아요."

이미 말하지 않았느냐는 표정으로 우치다 씨는 한숨을 쉬었다.

"튜브는 괜찮아요? 빼려고 하지 않나요?"

"그건 괜찮은데 도통 알 수 없는 말을 하네요."

"아, 아까도 말했다시피 종종 그래요. 그런데 대개 며칠 지나면 원래대로 돌아와요. 또다시 난리를 치면 링거도 있어서 위험하니까 상태를 지켜보죠. 될 수 있으면 따님도 와 주시고요."

"여탕을 보고 온 것처럼 말해요."

"오늘 하루는 곁에 붙어 있는 게 좋겠네요. 직장 일은 괜찮아요?"

"만셀이 누구예요?"

내 음성이 떨리는 것을 느꼈다. 우치다 씨는 지겹다는 표정을 잠깐 짓더니 웃으며 말했다.

"무슨 일이 있으면 불러 주세요. 그리고 튜브는 아무쪼록 주의하시고요. 아셨죠?"

그러곤 간호사 대기실에서 쫓아내듯이 내 등을 다독였다.

면회시간이 끝나는 오후 8시까지 나는 엄마 옆에 있었

다. 엄마는 자다 깨다 하거나 일어나서 멍하니 창밖을 볼 때도 있었고, 힘없는 목소리로 끊임없이 이야기하기도 했다. 끝까지 알 수 없는 말만 했지만 잘 들어보니 엄마의 이야기에는 일관성이 있었다. 어쨌든 엄마는 레이코 고모의 초대로 온천에 머물게 되었는데 그곳은 우연히 엄마가 졸업한 여학교 근처였다. 그리고 만셀이라는 사람은 학생 때 신세를 진 은사이거나 친구인 모양인데, 모처럼 근처에 왔기에 만나기로 약속한 것 같았다.

이야기에 일관성이 있기는 했다. 그러나 그게 나를 조금도 안심시키지는 못했다. 오히려 슬그머니 불안해졌다. 여탕이 있는 곳을 아주 정확하게 알려주었듯이 온천 부근의 지리도 엄마는 이상하리만치 자세히 설명했다. 어젯밤에 나왔던 식사 메뉴도 전채요리며 디저트가 무엇이었던가 까지 말했다. 엄마의 눈에 비친 것은 어디 온천이었을까. 엄마는 그 환상 속에 완전히 틀어박혀 나오지 않으려나. 그런 생각을 하고 있는데 무슨 검사를 하고 돌아온 건너편 중년 여성을 힐끔 보더니 엄마가 작은 소리로 속삭였다.

"동반 자살을 시도했대."

엄마의 말로는 건너편 여성은 닷새 전에 말쑥한 남자와 체크인을 하고 바로 그저께 다키쓰보*에서 뛰어내려 동반 자살을 시도했다고 한다. 남자는 죽었는데 여자만 살아남아 병원에 실려 왔다고 엄마가 소곤거렸다. 건너편 여성이 있는 곳은 병원이고 엄마가 누워 있는 곳은 온천지로 알고 있다. 그런 모순이 엄마에겐 아무래도 상관없는 모양이었다.

내가 이런 생각을 하고 있는데 엄마는 묘하게 현실적인 말을 하기도 했다.

"냉동고에 하늘콩 포타주**가 들어 있어. 그거 이제 상했을 거야."

오후 8시, 면회자는 돌아가라고 재촉하는 방송이 나오기에 나는 다른 면회자들과 함께 병실을 나섰다.

"내일 또 올게."

"괜찮아. 무리하지 마."

엄마는 환상 따위는 전혀 보이지 않는 것처럼 말하며 링

* 용소. 폭포수가 떨어지는 수심 깊은 곳
** 프랑스식 콩 스프의 일종

거가 찔려 있지 않은 손을 힘없이 흔들었다.

집에 돌아오자 아버지는 거실 소파에서 전기도 켜지 않고 텔레비전을 보고 있다. 텔레비전의 푸르스름한 빛이 아버지의 모습을 희뜩희뜩 비추어 벽에 그림자가 생겼다.

"저녁 먹었어?"

전기를 켜면서 묻자 먹지 않았단다. 성질이 나는 걸 참고 냉동고에 남아 있는 재료를 긁어모아 볶음밥을 만들었다. 그러다 퍼뜩 생각이 나서 냉동고를 열어 보니 연녹색의 포타주 같은 것이 지퍼백 속에 얼어 있었다.

텔레비전을 보면서 식사를 하는 아버지에게 엄마의 이상한 점을 줄줄이 말하고 싶었지만 나는 가만히 있었다. 그런 말을 들으면 아버지는 더욱 병원에 가려고 하지 않을 것이다. 엄마가 입원하고 나서 아버지는 셀 수 있을 정도로밖에 병문안을 가지 않았다. 아버지는 무엇보다 귀찮은 걸 싫어한다. 가뜩이나 위암이라는 병명도 귀찮은데 엄마가 알 수 없는 말만 하는 걸 알면 더욱 귀찮게 여길 것이다. 아버지가 교사 생활을 잘했다는 것은 딸인 나도 인정한다. 그런데 어쩌면 아버지 같은 사람이 교감이 된 것은 그야말로 귀찮은 것을 회피한 결과인지도 모르겠다.

"회사는 괜찮냐?"

텔레비전을 보면서 아버지가 물었다.

"아버지가 엄마를 돌보러 안 가니까. 내가 더 휴가를 내야지. 어쩔 수 없잖아."

원망 조로 말했는데 아버지는 "응" 하곤 아무 말이 없었다.

침대에 누워 있으니 아직 여름이 한창인데도 마당에서는 벌레 울음소리가 크게 들렸다. 나는 어둠을 응시하며 찌륵찌륵, 뚜루르르 여러 가지 벌레 소리를 들었다.

'찌릉찌릉' 하고 우는 것은 긴꼬리 벌레, '링링' 하고 우는 것은 방울벌레, '귀뚤귀뚤' 하고 우는 것은 귀뚜라미. 어렸을 적에 들었다. 옆에 누워 있던 엄마의 목소리가 생각났다. 모르는 것들에 대한 답을 엄마는 모두 알고 있다고 생각했다. 뭐든지 엄마에게 묻는 걸 언제까지 했을까? 엄마가 말해주는 답을 이 세상의 진실이라고 믿었던 것은 언제까지였을까?

엄마는 사람이란 악의로 가득 찬 존재라고 믿었다. 엄마는 아버지도 아버지의 가족도 자신의 엄마조차도 악의를 갖고 엄마를 대한다고 생각했다. 예를 들면 아버지가 실버 인재

센터에서 소개받은 일을 그만두고 집에 있는 것은 엄마를 골탕먹이려는 처사라고 생각했다. 레이코 고모가 가끔 놀러 오는 것은 우리 가족을 감시하기 위해서라고 믿었다. 마을 아주머니의 모임에 대해서는 웃고 헤어진 후 꼬치꼬치 엄마의 험담을 늘어놓을 게 틀림없으니 멀리해야 한다고 생각했다.

엄마의 말에 의하면 엄마는 어릴 적부터 뭐 하나 뜻대로 되는 것이 없었다. 가령 선생님이 강하게 권유했지만, 엄마가 대학에 못 간 것은 엄마의 아버지가 전사한 탓이었다. 사랑한 사람과 결혼할 수 없었던 것은 엄마에게 그럴듯한 학력이 없어서. 또 아버지와 결혼한 뒤에 일하려고 했는데 못 했던 것은 체면 깎인다며 아버지가 말려서. 집을 고쳐 지으려고 했는데 못 지은 것은 레이코 고모가 질투하고 방해해서. 고양이를 기르고 싶었는데 못 기른 것은 어릴 적에 내게 천식이 있어서. 여행 한번 못 간 것은 아버지가 아무것도 할 줄 모르는 사람이어서.

엄마의 이야기는 모두 인과관계가 있고 그 모든 발단은 타인의 악의에 있었다. (나는 나의 천식조차도 어쩌면 엄마를 괴롭히기 위해 나 스스로 일으킨 것은 아닐까 하는 생각조차 들었다.) 원인과 결과 사이에 주저함이라곤 눈곱만큼도 없어서 엄마에게는 모두 사실일지 몰라도 가만히 듣고 있으면 가끔 기분이 나빠지곤 했다. 엄마의 눈으로 보는 세상은 너무도 추악했다. 성인이 되어 집을 나가 엄마에게서 멀어지자 엄마가 과장되고 왜곡되게 이야기했다는 것을 알게되었다. 또 오히려 신앙처럼 타인의 악의에 매달리기라도 해야 무엇 한 가지 자기 뜻대로 해내지 못한 엄마 자신을 그나마 인정할 수 있겠구나, 하는 생각도 들었다.

그런 엄마는 지금 어디에 있는 걸까? 타인의 사소한 행동 하나까지 악의를 느끼는 엄마는 지금 어느 그늘에 몸을 숨기고 있는 걸까. 레이코 고모에게 감사 인사를 쓰겠다는 엄마는 도대체 엄마의 어디에서 나타난 사람일까.

벌레 우는 소리가 그치지 않았다. 나는 한없이 천장을 바라보고 있었다. 엄마는 지금 어둠을 바라보며 창밖에서 들리는 냇가 소리에 귀를 기울이고 있을까?

어쩌면 평소의 엄마로 돌아왔을지도 모른다는 기대로 병실에 얼굴을 내밀었다. 엄마는 고개를 돌려 창밖을 보고 있었다. 다가가 들여다보았다. 엄마가 진지한 얼굴로 말했다.

"아이고, 유리 짱."

"마키코야." 유리 짱이라니, 누구지?

"아, 마키코, 너였어."

엄마가 또 창밖을 봤다.

"좀 어때?"

"참새가 말이야. 이쪽으로 가까이 다가와, 봐봐."

엄마가 창밖을 가르쳤다. 거기에는 지붕과 집들과 공장 그리고 그걸 덮고 있는 뚜껑 같은 하늘이 있을 뿐이었다. 엄마는 아직 현실로 돌아오지 않았나 보다. 실망한 기색을 나타내지 않으려고 애쓰며 파이프 의자를 꺼내 창을 등지고 앉았다.

"어젯밤엔 독을 마시게 하지 않았어?"

이런 식이라면 엄마와 이야기할 수 있겠구나 싶어서 물어보았다. 엄마는 깜짝 놀란 얼굴로 나를 보았다.

"무슨 그런 듣기 거북한 이야기를 하니? 모두 잘 대해 주는 걸. 어젯밤에는 여기 아가씨가 춤 공연을 했는데 정말 멋지더라. 레이코 씨와 나는 노천 온천탕에서 약속했어. 단풍 계절에 또 오기로 했거든."

엄마의 망상은 세부적인 것은 바뀌어도 대체로 비슷했다. 어제 이야기에서는 레이코 씨는 함께 숙박하지 않았다. 노천탕에서 소녀같이 새끼손가락을 거는 엄마와 아버지의 여동생이 엿보이듯 떠올랐다. 그 광경을 지우려는 듯 침대 파이프에 매달려 늘어져 있는 비닐봉지를 보았다. 엄마의 코를 통해서 위로 연결된 튜브는 이 비닐봉지로 위액을 떨어뜨리고 있었다. 비닐봉지에는 검붉은 액체가 고여 있다. 나는 빈정거리는 투로 말했다.

"레이코 씨와 사이가 꽤 좋았나 보네."

그렇게 말하고 나니 정말 더 빈정거리고 싶어졌다.

"이상한 말만 하는 아이네, 친자매 같다고 우리는 옛날부터 그런 소릴 들었어. 너도 잘 알잖니."

엄마는 쉰 목소리로 기운 없이 말했다. 그렇게 마음보 나쁜 여자는 본 적이 없어. 내가 구라니시에게 시집 왔을 때, 오빠는 왜 이렇게 바보 같은 여자와 결혼했냐고 눈앞에서 아무렇지도 않게 말하더라. 구라니시 집안의 며느리로 부끄럽다고. 제사 때 나는 일하는 도우미처럼 혹사당하며 한자리에서 식사도 같이 못 해. 믿어져? 그런 말을 아무렇지도 않게 내뱉

는 여자야. 레이코 씨는. 내가 아주 어릴 때부터 엄마는 내게
고모 욕을 반복하고 또 반복해서 했다. 어릴 때 나는 레이코
고모를 피했다. 엄마의 말대로 마음씨가 고약하고 무서운 사
람인 줄 알았으니까. 엄마가 이 집을 나가고 싶다고 전화하
기 3개월 전에도 레이코와 인연이 끝나면 얼마나 좋겠냐고
여전히 그렇게 말했었다. 그랬는데 어쩌다 노천탕에서 약속
하게 되었을까. 친자매같이 된 걸까.

"레이코 씨는 어디에 갔어? 지금은 없는 모양이네."

나는 물으면서 빈정거리는 정도가 아니라 심술을 부리
는 기분이 들었다.

"아, 꽃을 따다 준대."

엄마는 코의 튜브를 한 손으로 만지면서 대답했다. 꽃이
라니. 엄마의 세상은 어디까지나 동화 같았다.

"구라니시 씨!"

밝은 목소리로 부르며 젊은 간호사가 병실로 들어왔다.
나와 엄마는 간호사에게로 시선을 옮겼다.

"있잖아요, 오늘 검사 결과가 좋으면 내일은 코의 튜브를
뺄 거예요. 그러면 내일부터는 식사 연습을 해야 해요. 따님이

같이 있어서 마침 잘 되었어요. 그렇죠?"

간호사는 아이에게 말하는 투로 부드럽게 말한다. 엄마는 심각한 얼굴로 간호사를 보며 작게 몇 번 고개를 끄덕였다. 온천 여관에 머문다고 믿는 엄마에게 하얀 옷을 입은 이 여성은 누구로 보일까. 간호사가 나가자 엄마는 목소리를 죽여 말했다.

"아까 그 여자. 아이가 셋이래. 대단하지. 그런데 이런 힘든 일을 하다니. 간호사는 보통 사람이 할 수 없어."

엄마의 인식상태는 어떤 상태일까? 잘 모르겠다.

오후가 되자 간호사 여럿이 엄마를 휠체어에 앉혀 무슨 검사를 하러 데리고 갔다. 나도 함께 병실을 나와 엄마를 들여보내고 외래환자 접수처 옆에 있는 레스토랑에 갔다. 면회 시간 전, 레스토랑에 있는 사람은 다리나 팔이 부러진 젊은 남녀들뿐이었다. 그들은 흡연실 구석에서 담배를 뻐끔뻐끔 피우거나 큰 테이블을 차지하고 맥주를 마시거나 과자를 먹고 있었다.

나는 창가 자리에 앉아 정원을 바라보면서 샌드위치를 먹었다. 쉬고 있는 일에 관한 것이나 엄마의 이상한 망상에 대해 뭔가 생각해 보려고 했다. 하지만 생각하려고 하자 모든 것이 머릿속에서 뿔뿔이 흩어져 햇볕을 쬔 얼음처럼 모두 녹아 없어졌다. 정원의 광경도 내 머릿속처럼 도무지 정리되지 않았다. 나의 눈은 무성한 나무들의 초록이나 가끔 물을 뿜어 대는 분수나 산책하는 노인을 돌보는 간호사의 하얀 옷을 보고 있건만, 그 모습들이 미묘하게 어긋나 있어 실체를 보고 있지 않은 기분이었다. 정체를 알 수 없는 장소에 숨어 있는 것 같은 불안감이 젖은 셔츠처럼 달라붙어 있었다.

전혀 배고프다고 느끼지 못했는데 어느새 샌드위치를 다 먹어 치웠다. 신맛이 강한 커피를 마시면서 접시에 남아 있는 파슬리 한 줄기를 보았다. 내가 어릴 때 엄마는 레스토랑에서 요리에 곁들여 나온 파슬리는 절대로 먹지 말라고 말했었다. 엄마는 장식되어 나온 파슬리는 손님이 남긴 것을 재사용한다고 굳게 믿고 있었다. 이것 봐. 이렇게 말라 있잖니. 엄마는 더러운 물건이라도 되는 듯 파슬리를 집어 들고 보여 주었다. 먹어선 안 되는 이유를 어린 나는 잘 알지도 못하면서 파슬리는 먹는 것이 아니라고 믿게 되었다. 커서도 예쁘게 장식되어 나오는 파슬리를 나는 먹을 수 없었다. 그것은 이미 장식으로만 생각되므로.

지금도 나는 이렇게 파슬리를 접시에 남겼다. 그러나 엄마가 내게 파슬리를 먹으면 안 된다고 한 것과 온천지 여관에서 아가씨의 춤을 보았다고 한 것이 무엇이 다른지 생각해 보았다. 어쩌면 지금까지 나는 엄마의 망상을 들으면서 자라온 것은 아니었을까. 세상은 악의로 가득 찼다고 세뇌하던 엄마 자체가 망상을 보고 있던 것이고 이제야 겨우 그 악몽에서 깨어난 것은 아닐까. 엄마가 어제부터 나에게 한 이야기야말로 현실이 아닐까. 구토 냄새가 나는 병실은 어쩌면 꽃이 흐드러진 정원이 보이는 온천장의 어느 방이 아닐까. 나는 갑자기 불안해졌다. 내가 지금까지 봐 왔던 세상은 나 자신이 본 것일까. 아니면 엄마의 눈으로 본 한 장의 천 같은 것이었을까?

접시에 옅은 그림자를 만들고 있는 파슬리를 살짝 집어서 입으로 가져갔다. 푸슬푸슬한 감촉과 풋내가 입안 가득 퍼졌다.

레스토랑을 나와 매점에 서서 잡지를 읽고 희미한 복도를 건너 입원 병동으로 와 엘리베이터를 탔다. 슬슬 엄마의 검사도 끝났겠지. 면회자 접수가 이미 시작되었고 엘리베이터는 문병 온 손님들로 혼잡했다. 중년 여성이 들고 있는 꽃의 달콤한 향기가 작은 엘리베이터에 가득 찼다. 5층 엘리베이터가 열리고 많은 문병객과 함께 내렸다. 엘리베이터와 이어지는 대기실을 옆 눈으로 보면서 병실로 가려다 멈춰 섰다.

창가에 나란히 있는 벤치 앞에 휠체어에 앉은 엄마가 있었다. 링거를 떨어뜨리는 도르래를 매단 가는 줄을 한 손으로 쥐고 검붉은 위액이 모인 비닐봉지를 휠체어 뒤에 매단 뒷모습은 엄마였다. 엄마가 마주하고 있는 사람은 언제 왔는지 모르는 아버지였다. 벤치에 앉아 아버지와 엄마는 담소를 나누고 있었다. 그 장소에서 내가 얼어붙은 듯이 움직이지 않았던 것은 두 분이 완전히 모르는 남녀로 보였기 때문이었다. 엄마는 젊은 여성처럼 고개를 약간 숙이고 링거가 꽂히지 않은 손으로 입을 가리고 웃고 있었다. 아버지는 가운을 입은 엄마의 무릎에 가볍게 손을 올리고 뭔가 열심히 이야기하며 웃고 있었다. 창밖에서 강렬하게 들어오는 햇살 탓에 그들의 윤곽은 빛을 발하면서 부옇게 보였다. 환자와 문병객이 아닌 늙음이나 병과는 무관한, 더 과장되게 말하면 혐오나 증오와도 무관한, 싱그럽고 청초한 무언가로 보였다.

반사적으로 나는 두 사람을 등지고 엘리베이터 단추를 서둘러 탁탁 눌렀다. 엘리베이터는 8층에서 움직이지 않았다. 나는 그 장소를 떠나 엘리베이터 옆에 있는 계단을 뛰어 내려왔다.

내가 결혼하지 않은 것은 엄마를 봐 왔기 때문이었다. 결혼이란 것이 얼마나 사람을 불행하게 하는지 엄마에게 수없이 들어왔기 때문이었다. 전화를 걸어 엄마가 이상해졌다고 하소연할 친한 친구가 없는 것은, 사람은 다 악의로 가득 찼다고 엄마에게 귀에 못이 박히게 들었기 때문이었다. 그림 그리는 걸 좋아했는데 미대에 가지 않고 여대에 진학한 것은 엄마가 반대했기 때문이었다. 스물두 살 때부터 8년간 직장을 세 번 옮긴 것도 엄마가 그렇게 하라고 했기 때문이었다.

죽 그렇게 생각했었다. 이제껏 생각해 왔던 일들이 엄마의 사고 회로와 완전히 일치한다는 것을 창 없는 어두운 계단에서 깨달았다. 이제야 깨달았다. 나도 뭔가에 매달리듯이 모두 엄마 탓으로 돌리지 않으면 지금의 나 자신을 긍정할 수 없을 게 분명하다. 만일 그런 탓을 전혀 할 수 없게 된다면 나에겐 도대체 어떤 세상이 보일까.

이름을 써넣는 면회자들로 붐비는 접수처를 지나 병원 밖으로 나오자 압도하는 열기가 나를 감쌌다. 광경들이 유난히 새하얗게 보였다. 나뭇잎도 아스팔트도 택시도 하얗게 빛을 뿜어내고 있는 것 같았다. 외래환자 접수처를 지나 병원을 나와 건널목을 건너 버스정류장까지 뛰어도 광경은 원래의 색으로 돌아가지 않고 새하얗기만 했다. 땀이 한꺼번에 분출하듯 흘렀다.

아마도 내일은…… 버스가 올 방향을 보면서 나는 조급하게 생각했다. 아마도 내일은 엄마가 원래대로 돌아오겠지. 음식이 맛없다고 불평하고 문병을 온 아무개를 험담하고, 퇴원하면 그 집을 나가겠다고 나에게 열 올리며 말하겠지. 그런 날이 기다려지면서 한편으론 찜찜한 기분이 계속될 것 같은 느낌도 들었다.

달리는 차들 가운데 버스는 좀처럼 나타나지 않았다. 아까 먹은 파슬리의 쓴맛이 생각이라도 난 듯 입안에 퍼졌다. 나는 머리를 숙여 침을 '퉤' 뱉었다. 좀처럼 원래 색으로 돌아오지 않는 광경 속에 내가 뱉은 침만 또렷이 아스팔트를 검게 물들였다.

마마보이

마마보이라는 말을 들었다. 전혀 예상치도 못한 말이었다.

"그건 아니지."

나는 아니라고 부인했다. 오렌지빛 등이 켜지고, 새벽 한
시가 넘은 조용한 거실에서였다. 내일은 여덟 시 반부터 회
의가 있어서 일곱 시 반에는 집에서 나가야 한다. 일곱 시 반
에 집에서 나가려면 여섯 시 반에는 일어나야 한다. 여섯 시
반에 일어나려면 이제 자야만 한다. 그러나 마마보이라는 말
을 듣고 나니 맥이 빠져 침실로 들어갈 기분이 아니었다.

"아냐, 자기는 마마보이야. 말 그대로……."

소파에 앉은 사유리가 시건방진 말투로 말했다. '우리 집
은 차가 다섯 대, 텔레비전은 세 대 있어'라는 유치한 거짓말

을 하던 초등학교 친구가 생각났다. 사유리는 그렇게 뻐기는
식이었다.

"뭐가 말 그대로야? 그럼 마마보이에 대한 정의를 말해
봐. 자기가 마마걸이면 마마걸이지 난 절대로 마마보이는 아
니거든."

"정의라고? 바보같이. 걸핏하면 그 소리. 남자는 마마보
이라는 말만 들어도 꼭 화를 내더라. 그렇게 화낸다는 자체
가 마마보이라는 증거야."

사유리는 옆 탁자에 나란히 놓아둔 매니큐어 병들을 하
나씩 만지작거리며 몹시 재미있다는 듯 말했다.

"그러니까 어떤 점이 마마보이인지 말해 보라고! 도대
체……."

반박하려는 내 말을 사유리가 큰 소리로 막았다.

"거봐, 그렇게 모든 걸 말로 하려고 하는 점, 그게 바로
마마보이라는 거지. 아까 이야기만 해도 그래, 커피 사는 걸
깜빡했던 이유를 왜 일일이 내게 설명하는 거야. 나는 자기
엄마가 아니야. 아, 그런 거네. 커피 사는 걸 깜빡했어도 괜찮
다고 말해 주길 바라는 거지?"

사유리가 질러대는 소리에 머리가 지끈지끈 울렸다.

"아직도 그 소리야? 커피 사는 걸 깜빡한 게 그렇게 용서 받을 수 없는 일이야?"

대꾸하면서도 이 어처구니없는 상황이 너무 한심했다.

"그런 말이 아니잖아! 커피 이야기를 하는 게 아니라고! 어떤 점에서 마마보이냐고 따지니까 설명하는 것뿐이지. 왜 말을 돌려?"

사유리는 땅이 꺼져라 한숨을 내쉬더니 손가락을 벌려 천천히 매니큐어를 칠했다. 사유리의 엄지손톱이 보라색으로 반짝였다. 나는 몹시 화가 치밀었지만 무슨 말을 해도 질 게 뻔해서 침실로 들어가 문을 쾅! 닫아 버렸다.

실패였다. 결혼은 실패였다. 침대로 들어가 이불을 푹 뒤집어쓰고 머릿속으로 되뇌었다. 사유리는 진저리가 날 정도로 집요했다. 원두커피를 사다 달라고 부탁받았는데 이틀 내리 잊어 버렸다. 그만한 일로 몇 시간이나 물고 늘어지다니. 분명히 내년에도 이 시기만 되면 그 이야기를 꺼내서 나를 코너로 몰 것이다. 툭하면 히스테릭하게 소리를 내지르는 탓에 침착한 대화 자체가 되질 않았다. 설령 소리를 지르지 않는다 해도 생각을 논리적으로 하는 능력 자체가 부족해서 애초에 서로 대화가 불가능했다.

연애할 때는 어른스러운 여자인 줄 알았다. 어구, 내가 바보지. 나이에 속았던 거다. 여섯 살이나 연상이라서 어른이려니 했다. 신체 나이와 정신 연령은 관계가 없다는 것을 몰랐다. 이제 얼마 안 있으면 서른여덟이나 되는데도 사유리의 마음은 초등학생 그대로였다.

고작 원두커피 아닌가. 다 떨어졌으면 인스턴트커피를 마시면 그만인 것이다. 마마보이라는 단어를 꺼내어 사람을 형편없이 깎아내릴 일은 아니었다.

아, 그랬다. 사유리는 비난밖에 몰랐다. 그게 사유리의 대화 방식이었다. 사유리는 사람들과의 관계에서 비난밖에 배운 것이 없었다.

나는 이불 속에서 눈을 떴다. '그래, 바로 이거야!' 하고 생각이 번쩍 떠올랐다. 우쭐해서 손톱을 칠하는 여자에게 이런 말을 해 주면 꽤 상처받겠지. '너는 비난하는 것밖에 모르는 불쌍한 여자야!' 당장 일어나 그렇게 말해 줄까 하다가 이불 밖으로 나가지는 않았다. 반박을 당하는 것이 무서워서가 아니었다. 이 말 한마디는 비장의 카드로 숨겨 두기 위해서였다. 또 사유리가 초등학생처럼 트집을 잡으면 그때야말로 비웃으며 말해 주리라.

잠이 달아나서 세 시까지 자기는 틀렸나 싶었는데 비장의 카드 덕분에 안심이 되어 금방 잠이 왔다.

고즈쿠에에 있는 몇몇 문방구를 돌아보고 늘 가던 식당에 갔는데 웬일로 붐벼서 앉을 자리가 없었다. 할 수 없이 차로 좀 더 달려 기시네의 교차점에서 좌회전해 맨 처음 눈에 띈 패밀리 레스토랑으로 들어갔다. 손님은 별로 없었고 나는 창가 자리로 안내받았다. 런치 세트를 주문하고 나서 휴대전화를 보니 사유리에게서 메시지가 와 있었다. '엄마와 식사를 하고 가니까 늦을 거야.'라는 내용이었다. 한숨을 푹 내쉬며 휴대전화를 소파에 던지고 미지근한 물수건으로 얼굴을 닦았다.

사유리는 일주일에 두세 번 장모와 만났다. 일을 마치고 오다가 함께 식사하거나 주말에 쇼핑하러 가거나 연극을 보러 가거나 했다. 예순을 넘긴 사유리의 엄마는 저래도 되나 싶을 만큼 젊게 꾸몄다. 걷는 두 사람의 뒷모습을 보면 자매로밖에 보이지 않았다. 모녀는 아주 똑같은 목소리와 말투로 말했다.

"그렇지? 응! 정말? 끔찍하네. 그게 말이야."

하는 식이었다.

결혼 초기에는 나보다 장모를 우선시하는 사유리가 당연히 못마땅했다. 그래서 몇 번인가 이야기를 꺼낸 적이 있었다. '친정엄마에게 지나치게 의존하는 게 아닌가, 결혼했으니까 부모에게서 독립하는 것이 좋지 않겠는가, 그리고 서른 살이 지났으면 '엄마'라고 부르는 것은 집 안에서만 해야 하는 거 아닌가.' 물론 대화는 안됐다. 흥분해서 소리를 마구 지르는 통에 알아들을 수 없는 사유리의 말을 나는 추측과 보충을 총동원해서 나름 정리해 보았다. 사유리는 사춘기 무렵부터 친정엄마가 싫었다. 그러나 싫다는 감정 자체가 의존하고 싶은 마음에서 나온 것이었다. 의존하지 않게 된 지금은 불필요한 기대를 하지 않고, 엄마를 한 사람의 인간으로 볼 수 있게 됐다. 그래서 이제는 친하게 지낼 수 있다. 자신의 엄마를 어떻게 부르든지 남이 뭐라고 간섭할 문제가 아니다.

뭐, 대충 이런 이야기였다.

미친 듯이 마구 소리 질러 대기에 나는 이해한 척했다. 실은 좀 더 이야기하고 싶었다. '친하게 지내는 것도 어느 정도지. 남편보다 친정엄마와 식사 하는 횟수가 더 많은 건 아무리 생각해도 너무한 것 아니냐.' 하지만 사유리가 펄펄 뛰고 울고불고하는 바람에 더 이상의 대화는 불가능했다. 그 후로 나는 사유리와 장모가 만나는 것에 대해서는 아무런 말도 하지 않았고, 하려고도 하지 않았다. 의문은 의문으로 내버려 둘뿐.

런치 세트가 나왔다. 해산물 튀김과 계란탕 그리고 채소 샐러드. 맹탕인 계란탕에 싱싱하지도 않은 샐러드를 먹고 무심코 창밖을 보았다. 맑은 하늘을 배경으로 신칸센이 달리고 있었다.

도쿄에 올라온 뒤로 야마나시에 사는 엄마와는 연락도 거의 하지 않거니와 추석과 설에도 통 가지 않았다. 엄마에게 뭘 상의하는 일도 없었고 또 내 결정에 엄마가 뭐라고 참견한 적도 없었다. 2년 전, 엄마의 재혼 이야기를 들었을 때도 갑작스러운 일이라 놀라긴 했지만 별다른 감정은 없었다.

장남으로서 안심은 된다는 정도랄까. 재혼 상대에 대해서도 좋은 사람일 것 같다는 감정 외에는 없었다.

사실 나는 엄마가 어떤 사람인지 잘 모르고 있다는 생각조차 들었다. 나를 임신했고 낳았고 길렀고, 18년간 같은 지붕 아래에서 살았으면서도 남보다 모르고 있는 것은 아닐까. 맛없다고 생각하면서도 밥 한 톨 남기지 않고 다 먹어 치웠다. 밍밍한 커피를 마신 뒤 담배를 피우며 밖을 내다보았다. 샛노랗게 물든 가로수의 은행잎들은 햇빛을 받아 제각기 빛나고 있었다. 또 신칸센이 지나갔다. 이대로 회사 이름이 들어가 있는 밴을 타고 신칸센 뒤를 쫓아가는 것을 상상해 봤다. 갑자기 몸이 가벼워지는 느낌이 들더니 순식간에 32년이라는 숫자가 떠올랐다. 32년. 아파트 론을 갚아야 할 햇수였다. 지금까지 살아온 햇수만큼 나는 은행에 계속 돈을 갚아야만 한다. 그런 짓을 한들 내가 얻을 게 뭐가 있겠는가. 사실 시간이 흐를수록 점점 모르겠다.

영업부 주임은 오야마다 아이코라는 여성으로 사유리와 나이가 거의 비슷했다. 오야마다 아이코에 비하면 사유리는 훨씬 앳돼 보였다. 세련된 데다가 얼굴도 예뻤다. 그런 점이 왠지 나를 으쓱하게 했다. 그렇지만 그 둘은 성격이 아주 비슷했다. 일단 집요했다. A라면 A라고 말하면 될 것을 F부터 이야기해서 E, D, C 식으로 빙빙 돌다가 다음은 B까지 와서, 겨우 본론인가 싶더니 갑자기 M 쪽으로 비약하는 식이었다.

오야마다 아이코의 데스크 앞에 선 지 35분 지나서야 겨우 본론으로 들어갔다.

"어째서 신상품을 몽땅 그대로 들고 왔지? 이봐요, 구보다 군?"

의자에 몸을 뒤로 젖히고 앉은 오야마다 아이코가 부드러운 미소로 물었다. 처음부터 그렇게 물으면 될 걸, 역 앞의 망해 버린 라면 가게 얘기나 싸구려만 파는 자전거 가게에 대해 왜 30분 이상이나 이야기하는지 도대체 알 수가 없었다. 본론에 들어가서야 안심한 나는 입을 열었다.

"고즈쿠에의 닛타 문방구는 일단 B 계열의 상품을 막 들여왔기 때문에 그것들이 다 팔릴 때까지는 보류하겠답니다. 진열할 공간이 없답니다. 그리고 하쿠라쿠의 엔젤 씨와 무라나카 씨는 다음 달까지 상황을 한번 보겠답니다. 그리고 기쿠 나의 다나카 상점은 내년 초에 백 엔 숍으로 바꿀까 하는 이야기가 나오는 모양입니다. 단지 시어머니의 반대가 ……."

거기서 말을 끊자 아이코는 내 얼굴을 빤히 보며 표정 하나 까딱 않고 내뱉었다.

"당신 바보야?"

커피를 따르러 온 탕비실에서 거칠게 세수를 했다. 허리를 숙인 채로 수도꼭지를 잠그고 주머니에서 손수건을 찾았으나 없었다. 혀를 차며 거기에 있는 종이 수건으로 얼굴을 닦았다. 손가락에 들러붙는 젖은 종이 수건이 불쾌했다. 그러고 보니 처음 만났을 때 사유리도 나를 '구보다 군'이라고 불렀던 게 생각났다.

'앞으로 반년은 참아야 한다. 영업도 오야마다 아이코를 상대하는 것도.'

내가 취직한 것은 노자키 문구라는 절대 작지 않은 문구 메이커였다. 3년 전에 상품 개발부에 배치되어 거기서 상품 관리를 주로 맡았다. 그런데 웬일인지 사원 몇 사람에게 새삼스레 연수를 겸한 파견근무를 명령했다. 파견지인 '다이와'는 노자키 문구도 취급하는 도매상인데 첫날부터 갑자기 영업에 내몰렸다. 도대체 어느 시대 방식인지 어이없게 벽에 개인의 영업 성적이 막대그래프로 표시되어 있었다. 파견근무는 1년으로 정해졌다. 벽에 붙어 있는 기도 안 막히는 그래프를 볼 때마다 '앞으로 9개월, 앞으로 반년.' 하고 설날을 기다리듯이 손꼽았다.

"구보 짱, 힘들죠?"

돌아보자 데즈카 씨가 서 있었다. 데즈카 씨는 나보다 두 살 아래인데 긴 머리를 밝은 갈색으로 물들였다. 내가 이 직장에서 유일하게 편안하게 여기는 사람이었다.

"갑자기 이쪽으로 쫓겨 와 연수는 고사하고, 오로지 구보 짱 혼자 영업을 했죠. 그런데 저 사람은 당신을 '바보'라고 몰아붙이다니 그게 말이나 돼요? 세상을 온통 삐딱하게만 본다니까요. 구보 짱 같은 사람을 아주 만만한 쓰레기통으로 보는 거죠."

"쓰레기통?"

"아, 아니다. 그러니까, 분풀이 상대."

데즈카의 말실수가 우스워서 나는 쿡 웃었다. '하하하!' 데즈카 씨도 쾌활하게 웃으면서 일회용 플라스틱 컵에 커피를 따랐다. 그리고 나에게 먼저 건네주고 자기 컵에도 따르고 있었다. 그 모습을 보니 문득 생각나는 게 있어서 그대로 물어보았다.

"그런데 60년대에 태어난 여자들은 공통점이 있다고 생각하지 않아?"

"그게 무슨 말이에요?"

데즈카 씨는 싱크대에 기대서서 커피를 홀짝였다.

"뭐랄까, 어휘력의 절대 부족이랄까. 대화로 풀어 나가려고 하질 않아. 정신적으로 폭력적이랄까."

깊이 생각해서 한 말은 아니었다. 단지 사유리와 오야마다 아이코를 다 무시해 버리고 싶었을 뿐이었다. 그 여자들의 공통점이 60년대에 태어났다는 것밖에 생각나지 않았다.

"아, 맞아요, 맞아. 뭐랄까요, 툭하면 화를 내죠."

그렇게 데즈카 씨가 공감해 주어서 기뻤다.

"맞아. 지나치게 욱한다니까."

나는 이야기에 열을 올렸다.

"그러게 말이야. 말을 제대로 구사하지 못해서 그런 거 아닌가. 입이 무거운 남자들은 여자가 하는 말에 몰리면 어쩔 수 없이 반박도 못 하고 손드는 경우가 있잖아. 그런 식이야."

복도 구석에 있는 창도 없는 탕비실에서 커피를 다 마실 때까지 우리는 그런 이야기를 나누었다. 갈색 머리에 두 살 연하이고 허물없이 반말해도 되는 여자와 연애를 했다면 어땠을까. 지금보다는 훨씬 마음이 편하지 않았을까 하는 생각이 든다.

"그런데 데즈카 씨, 내가 마마보이 같아?"

플라스틱 컵을 쓰레기통에 버리고 탕비실을 나가려고 하는 데즈카 씨에게 큰맘 먹고 물어보았다. 데즈카 씨는 돌아서며 나를 빤히 바라보더니 배를 움켜잡고 웃었다.

"오늘 시간 되면 한잔하러 갈까? 내가 살게."

나는 웃기만 하는 데즈카 씨에게 그렇게 말하고 말았다.

엄마를 다 알고 있는 줄 알았으나 실은 아무것도 모르고 있는 건 아닐까? 그런 생각을 해본 것은 3년 전 아버지가 입원했을 때였다. 아버지가 암으로 입원했을 때는 이미 남은 생명이 고작 3개월이라는 진단이 나왔다. 나는 주말마다 야마나시 병원에 면회를 갔다. 엄마는 매일 아버지 수발을 들었다. 의사의 말대로 3개월째에 아버지가 돌아가셨는데 그러기 바로 전의 일이었다. 모르핀 주사를 맞은 아버지가 어느 정도 의식이 돌아왔는지, 보라색 링거 주사 자국이 남아 있는 퉁퉁 부은 팔을 모포에서 꺼내 침대 옆에 있는 엄마에게 내밀었다. 당연히 나는 힘이 하나도 없는 아버지의 그 손을 엄마가 꼭 잡아줄 줄 알았다. 그러나 엄마는 자신에게 내민 그 손을 뿌리쳤다. 세게는 아니지만. 파리를 쫓듯이 아무렇지 않게 반사적으로 아버지의 손을 거부했다. 나는 놀라서 엄마를 보았다. 엄마는 내가 보고 있다는 것을 의식하고는 겸연쩍은 듯 창밖으로 시선을 돌렸다.

내가 알고 있는 엄마는 온화한 여성이었다. 줄곧 전업주부였기에 다른 세상을 거의 모르는 팔자 편한 아줌마였다. 거의 매일 아침 먹을 때면 아버지와 나 그리고 동생에게 '오늘 저녁은 무엇이 먹고 싶냐'고 물었다. 어릴 때는 함박스테이크니 돈가스니 동생과 내가 경쟁하듯이 대답했는데 자라면서 엄마의 그런 질문을 무시하게 되었다. 신문을 읽고 있던 아버지는 물론 대답하지 않았다. 그래도 엄마는 계속 물었다. "오늘 저녁에는 뭐가 먹고 싶어?" 대답이 없으면 노래라도 하듯 혼잣말을 했다.

"슬슬 꽁치가 맛있을 때네. 그렇지만 어제도 생선을 먹었으니까 스키야키로 해볼까. 그래, 스키야키, 그게 좋겠네."

그래서 그날 밤은 저녁으로 정말 스키야키를 먹게 되는 것이었다.

그게 우리 엄마였다. 매일 저녁거리를 생각하고 저녁 준비밖에 생각할 줄 모르는 여성. 고등학생이 되어서는 그런 엄마가 답답했다. 화가 치민 적도 있었다. 그것 밖에 생각할 줄 모를까 하고 진저리가 났다. 세상은 정신없이 변하고 있는데 엄마만 혼자 세상과 동떨어져 저녁 찬거리로 생선이냐 고기냐가 관심사일 뿐이다. 그런 엄마가 딱하기도 하고 부끄럽기도 했다.

집을 떠난 뒤에야 그런 엄마에 대한 부정적인 감정이 서서히 반전되었다. 대학을 다니고 졸업을 하고, 취직하고 연애하고, 나름대로 정신없는 날들은 보내게 되자, 오늘 저녁은 무엇이 먹고 싶냐고 매일 아침이면 묻던 그 물음이 흔들리지 않는 평화 그 자체였다고 생각하게 되었다. 아버지나 우리 형제가 마음 상한 일이 있거나 어디론가 훌쩍 떠나고 싶어도, 일단은 집으로 돌아오고 식사를 하고 잠을 자고, 다음 날 아침에 다시 나갈 수 있던 것은 엄마가 그런 엄마였기 때문이라고 여기게 되었다.

그랬기에 아버지가 내민 손을 거부한 엄마는 내가 알지 못했던 엄마였다. 굳은 얼굴로 아버지의 손을 뿌리치던 여성은, 오늘 저녁은 뭘 먹고 싶냐고 웃으면서 묻던 여성이 아니었다.

아버지가 돌아가셨을 때도 엄마는 울지 않았다. 그런 엄마를 친척들은 칭찬했다. 당차다, 잘 견디고 있다는 식으로. 그리고 그런 말 뒤에는 으레 우리 형제에게 이런 당부가 이어졌다. 장례식 때는 긴장해서 그렇지 장례식이 끝나면 맥이 탁 풀리게 돼. 저렇게 잘 견뎌 내는 사람일수록 더 그래. 그러니까 너희들이 엄마를 신경 써서 잘 보살펴 드려야 해.

우리 형제는 친척의 당부에 어린애처럼 끄덕이고는 엄마를 보살펴 드리자고 짧은 말로 덤덤히 약속했다. 그런데 아버지의 장례가 끝난 지 4개월째 되던 달, 우리는 엄마가 재혼하려 한다는 연락을 받았다. 동생과 나는 야마나시로 불려 가 재혼할 분과 식사 자리를 함께했다. 상대는 엄마보다 두 살 아래로 회계사무소를 운영하는 남성이었다. 아버지보다 말도 잘하고 아버지보다 쾌활했다. 그 사람은 마치 학생들에게 인기 있는 선생님이 그러듯이, 나와 동생에게 자연스럽게 말을 걸고 여유 있는 태도로 우리들의 이야기를 들어줬다. 엄마는 그날 말이 거의 없었고 황족과 같은 미소를 얼굴에 띤 채, 나와 동생 그리고 재혼할 상대와 테이블 위의 요리를 번갈아 바라보았다. 식사 자리가 끝날 때쯤 엄마는 아버지 일주기가 끝나고 나서 혼인 신고를 할 거라고 나지막이 말했다. 그것은 상의가 아니라 일방적인 통보였다. 우리는 잠자코 고개를 끄덕일 수밖에 없었다.

도쿄로 오는 전철 안에서 동생은 그 두 사람은 어제오늘 사귄 게 아니라고 말했다. 나도 왠지 그럴 거라는 생각이 들었다. 그러나 날마다 오늘 저녁은 뭘 먹겠느냐고 묻기만 했던 엄마가, 특별할 것도 없는 매일매일 속에서 언제 그 남자와 만나고 언제 연애를 하고 언제 미래를 맹세했는지 도무지 짐작이 가지 않았다. 역시 나는 엄마를 몰랐던 거다.

아버지의 일주기가 끝나자 엄마는 혼인 신고를 했다. 그 직후에 나도 사유리와 결혼하기로 마음먹었다.

일단 엄마에게 알리기 위해 사유리를 데리고 야마나시에 갔다. 전에 네 사람이 식사를 한 적이 있는 레스토랑에서 또 넷이 식사를 했다. 엄마의 남편은 여전히 말솜씨가 좋았고 쾌활했다. 엄마는 이번에도 황족 같은 미소로 우리를 번갈아 보다가 가끔 끼어들었다. 주로 어릴 때 내 실수담이나 우스운 이야기였다. 사유리는 우스워 죽으려 했고 엄마의 남편에게 이끌리듯이 쾌활하게 이야기했다. 행복이라는 것을 영상으로 만든다면, 이 가게의 이 테이블을 그대로 내보내면 될 정도로 우리는 편안한 시간을 보냈다. 무엇이든 잘 되어가는 가족처럼.

돌아올 때 사유리는 엄마를 이상적인 어머님이라고 칭찬했다.

"상냥하고 배려 깊고 무엇보다 자립적인 면이 좋아. 난 복이 많은가 봐."

사유리의 기분이 매우 좋기에 아무 말도 안 했지만 나는 엄마가 어쩐지 섬뜩하게 느껴졌다. 새 남편과 사는 집에 우리를 초대하지 않는 엄마, 우리 결혼에 대해 아무것도 묻지 않는 엄마, 죽어가는 아버지의 손을 뿌리치던 엄마, 무슨 일이 있어도 오늘 저녁은 무엇을 먹고 싶냐고 매일 묻던 엄마, 내가 모르는 여성.

데즈카 씨는 팬츠만 입은 채 침대에서 내려와 냉장고를 열고 말했다.

"생각해 보니 구보 짱의 부인은 구보 짱의 어머니를 질투하는 게 분명하네."

양문형 냉장고에서 나오는 오렌지색 불빛이 데즈카의 쭉 뻗은 다리를 비추고 있었다.

"안 그럴 걸, 보통은 그 반대잖아. 시어머니가 며느리를 질투한다는 이야기는 들어 봤지만."

나는 침대에서 책상다리를 한 채 말했다. 손에 달라붙은 티슈를 데즈카 씨에게 들키지 않도록 서둘러 뗐다. 취기는 완전히 깼다. 데즈카 씨는 선 채로 캔 맥주를 마시고 있었다. 나도 달라고 하자 한 캔을 던져 주었다. 뚜껑을 따자 거품이 확 흘러넘쳐 침대 커버를 적셨다.

"그런데 아까 이야기를 들어 보니까. 이상적인 어머님이라고 그랬다던데. 그 이상적인 어머님과 비교당할까 봐 걱정돼서 그런 거지. 그래서 마마보이라고 그랬을 거고."

단숨에 들이켰는지 데즈카 씨는 맥주 캔을 한 손으로 찌그러뜨려 쓰레기통에 던진 후, 바닥에 떨어져 있는 브래지어를 집어 내게 등을 돌리고 채웠다.

데즈카 씨와 갔던 꼬치구이 집에서, 어느새 사유리에게도 말한 적 없는 엄마 이야기를 하고 있었다. 데즈카 씨는 내 말에 끼어들지도 않고 질문도 하지 않고 그저 "아아, 그렇구나, 어머, 네." 하는 식으로 적당히 맞장구를 치며 들어 주길래 하고 싶은 말을 다 해버렸다.

"여자란 무섭네."라는 말이 모든 것을 다 들은 데즈카 씨의 감상이었다. 왠지 매우 뻔한 결론이라는 생각이 들었지만 "아니, 그게 아니고."라고 문제 삼는 것도 좀 그래서 "그러게 말이야." 하고 동의하고 말았다.

데즈카 씨는 옷을 다 입고 침대에서 책상다리를 하고 앉아 맥주를 마시는 내게 물었다.

"전철이 끊길 시간인데 구보 짱 어쩔래? 같이 가려면 서두르고. 아니면 나 먼저 갈게."

"이것 마저 마시고 갈게." 하고 캔 맥주를 들어 올렸다.

"알았어. 그럼 먼저 갈게. 바이, 바이."

데즈카 씨는 마치 아르바이트를 끝내고 가는 사람처럼 말하며 방을 나갔다.

결혼하고 나서 사유리 외에 다른 여성과 잔 것은 처음이었다. 데즈카 씨가 그걸 하기 전에도, 하는 도중에도 자신을 사랑하느냐고 묻지 않아서 마음이 편했다. 그게 끝난 후에도 앞으론 어떻게 할 거냐고 따져 묻지 않았던 점도.

'데즈카 씨, 좋네.'

그렇게 생각하면서 샤워를 마치고 옷을 입었다. 사유리와 만나기 전에 데즈카 씨를 만났다면 어땠을까 상상해 보았다. 적어도 마마보이라는 말은 듣지 않았을 게 분명했다.

딱 한 번, 바람이라기에도 뭣한 바람을 피운 게 금방 들통났다. 깔끔하게 돌아간 데즈카 씨가 직장에서 대하는 태도는 그대로인데 날마다 메일을 보내기 시작했다. "이번에는 언제 할까?" 그런 내용뿐이다. "오늘은 안 돼." 하고 답장하면 "그럼 다음 주 월요일은?" "그다음 금요일은?" 하고 끝이 없다. 그것을 사유리에게 들킨 것이다.

목욕탕에서 나오자 사유리가 내 휴대전화를 손에 꽉 쥐고 어떻게 된 거냐고 따졌다. "이 여자 누구야? 어디에 사는 누구야, 이름은 뭐야? 나이는 몇이야?" 젖은 머리에 팬티 한 장 달랑 걸친 나에게 마구 따져 물었다.

"그게 말이지, 데즈카라고 하는 같은 직장 여자인데 서른 살이야."

난 사유리가 묻는 대로 답했다.

"그런 걸 묻는 게 아니잖아."

묻기에 대답했는데 모순된 말을 했다.

"아무 관계도 아니야. 단지 그 여자가 애인의 일로 고민하기에 상담해 줬어. 그런데 아직도 상담할 이야기가 남았다고 그 날짜를 정해 달라며 일방적으로 메일을 보내온 거야. 나도 남의 연애에 끼어들 수는 없다고 몇 번이나……."

"거짓말하지 마! 내가 모를 줄 알고? 바보 취급하지 마!"

사유리가 소리쳤다.

사유리는 거실에서 무서운 인왕상처럼 떡하니 버티고 서서 가쁜 숨을 몰아쉬며 소리를 질렀다. 두 눈에서는 눈물이 뚝뚝 떨어졌다.

"용서 못 해, 헤어져 줄게, 헤어지자고, 내일 내가 나가 줄게."

사유리는 쥐어짜는 목소리로 말하며 침실로 후다닥 뛰어들어 갔다. 쫓아가 보니 옷장에서 옷을 꺼내 침대에 내던지고 있었다.

난처하게 되었다. 그런 것이 아니라고 사유리를 설득해야 했다.

"아니래도! 들어 봐, 좀 진정하고 이야기를 들어 보라고."

귀에 들리는 내 목소리는 당장이라도 울 것처럼 떨리고 있었다. 이 결혼은 실패라고 나는 확신했다. 그렇긴 해도 이런 식은 안 된다. 이렇게 오해가 쌓여 싸우고 헤어지는 것은 좋지 않다. 정말 단지 오해일 뿐이다. 그것을 이해시킨 다음에도 사유리가 헤어지고 싶다면 어쩔 수 없다. 그러나 내 말을 들어 보지도 않고, 이유 없이 헤어지는 것은 좋은 결론이 아니다. 그래서 나는 옷장의 옷을 닥치는 대로 꺼내고 있는 사유리에게 어쨌든 설명해 보려고 애를 썼다. 데즈카 씨에게 연애감정 같은 건 갖고 있지도 않을뿐더러 저쪽도 마찬가지라고……. 딱 한 번 같이 한잔하러 간 것 뿐이고, 그것도 사유리가 자기 엄마와 식사를 한다기에 나도 외식을 했을 뿐이고, 더군다나 마마보이라고 욕먹은 직후여서 기분이 엉망진창이었고, 익숙하지 않은 직장에서 일도 잘 안 풀려 울분도 있었고, 상담 좀 해 달라고 데즈카 씨에게 몇 번이나 부탁받은 김에 마시러 갔다. 너무 취한 것은 인정하지만, 결코 둘이 자거나 한 일은 없었다고 되도록 침착하게, 되도록 성의 있게, 되도록 조리 있게, 되도록 정확하게, 팬티 한 장만 걸친 채 침실에 말뚝처럼 서서 설명하기 시작했다. 자세하게 설명하는 동안에 참말과 거짓말이 뒤섞여 데즈카 씨가 말한 가공의 연애상담 내용까지 떠오를 정도였다.

사유리에게 말하는 동안 내가 내는 목소리에 또 다른 목소리가 겹치는 것을 느꼈다.

"그래서 말이야. 그때 나카마루가…… 그래서 그때 공원에 갔더니 하필이면 공원 화장실에 사용금지라고 되어 있어서 들어갈 수가 없잖아."

팬티 한 장만 입은 자신이 어느덧 반바지를 입은 아이가 되었다. 미친 듯이 옷을 침대에 던지고 있는 사유리가 앞치

마마보이
159

마를 두른 엄마가 되었다. 마룻바닥 침실이 리놀륨 타일이 깔린 부엌이 되었다. 아, 그렇구나. 그러고 보니 나는 몇 번이나, 몇 번이나 이런 짓을 반복해 왔구나 하고 머릿속 구석구석의 기억을 더듬었다. 남의 집 유리창을 깼을 때. 술집의 뒷문으로 코카콜라를 훔치다 들켰을 때. 친구를 다치게 했을 때. 학원비로 게임기를 샀다가 들켰을 때. 엄마는 화를 내지 않았다. 엄마는 내가 왜 그런 짓을 했는지 설명하라고 했었다. 그래서 나는 설명했다. 하나도 남김없이 상황을 설명하려고 했다. 말하면 틀림없이 용서해 줄 거니까. 말하는 중에 거짓말이 섞였다. 용서받기 위한 거짓말이었다. 뭐가 거짓이고 뭐가 진실인지 알고 있는 나는 스스로가 비겁한 인간이라고 생각했다. 그 죄책감에서 벗어나려고 거짓말은 더 자세하게 설명했다. 그러다 보면 거짓말이 어느 순간 거짓말로 여겨지지 않았다. 전부 자신이 체험한 사실이라고 생각하게 됐다. 비겁한 인간이라는 생각도 차차 옅어졌다. 내 말을 모두 다 들은 엄마는 고개를 끄덕였다. 그걸로 끝이었다. 화내지 않았다. 나는 용서받았음을 알았다.

이것을 두고 하는 말이었나. 사유리가 말했던 것이. 데즈카 씨에게 받은 연애상담 내용을 주저리주저리 말하면서 나는 알 것 같았다. 마마보이라는 것이 이런 걸 두고 하는 말이었나. 정말 이런 것을 말한 것인가.

"말하고 싶은 것이 이제 뭔지 알겠어. 그래도 사유리, 그건 아니야. 어떻게 다른가 하면 말이야."

입으로 말하고 있는 것과 머리로 설명하려는 것이 뒤섞이는 바람에 나는 입을 닫아 버렸다.

방이 갑자기 조용해졌다. 이 방이 이렇게 조용했던가. 적막감 속에 나는 문득 생각했다.

나는 엄마를 몰랐다. 엄마는 나를 알고 있었을까. 내 입으로 나쁜 짓을 한 이유를 말하게 하고, 거짓말과 사실을 섞어 꾸며서 말하게 하고서도 나란 인간을 알고 있다고 생각했을까. 지금은 알고 있는 걸까.

나는 어린아이처럼 무엇이든 엄마에게 털어놓고 싶은 충동을 느꼈다. 전화를 걸어 사유리와 어디에서 만났고 왜 결혼하기로 했는지, 노자키 문구에서 어떤 일을 하고 있는지, 지금 내가 파견지에서 어떤 일을 하고 있는지, 오야마다 아이코에게 날마다 어떤 말을 듣고 있는지, 어떤 이유에서

이 결혼이 실패했다고 생각하는지, 왜 데즈카 씨와 잠자리를 갖게 되었는지. 나의 일상을 이루고 있는 것, 내가 생각하는 것을 하나도 남김없이 리놀륨 바닥에 슬리퍼를 신은 어머니의 발을 보며 홀랑 털어놓고 싶었다.

나는 튀어 오르듯이 침대로 뛰어올라 사유리가 옷장에서 꺼내 쌓아 놓은 옷을 집어 들고는 사유리를 밀치고 원래대로 해 놓았다. 옷걸이에 잘 걸리지 않은 옷 몇 개가 옷장 바닥에 떨어졌다. 난 아랑곳하지 않고 일단 침대 위의 옷을 옷장에 계속 집어넣었다. 나는 아마 앞으로도 엄마를 영원히 알 수 없겠지. 내 속에서 엄마는 영원히 뭐가 먹고 싶으냐고 물을 것이다.

사유리가 꺼낸 옷을 모두 옷장에 집어넣고 문을 닫았다. 옷장 문틈으로 세탁소 비닐 커버와 치마 밑단이 삐져나와 있었다. 난 숨을 씩씩거리며 돌아보았다. 사유리는 거기에 서서 아무 표정 없이 나를 보고 있었다. 비장의 카드가 있었다. 분명 사유리에게 마음의 상처를 줄 수 있는 비장의 카드가. 지금이야말로 그것을 꺼낼 절호의 기회인 거다. 드디어 나는 입을 열었다.

"미안해."

그게 고작 나의 입에서 새어 나온 말이었다. 한심했다. 꼴사나웠다. 그러나 그 말밖에 떠오르지 않았다.

"미안해."

사유리는 아무 말도 없이 나를 보고 있었다. 우리는 먼지가 춤추는 침실에 우두커니 서서 서로를 바라보고 있었다. 엄마가 돌아오길 마냥 기다리는 남매처럼…….

"옷이라도 입지 그래."

마침내 사유리가 한마디 던졌다. 팬티밖에 걸치지 않은 나는 그제야 추운 걸 느끼며 어디선가 들려오는 자신의 소리를 들었다.

'내일 저녁은 무엇을 먹을까?'

둘이 살기

쇼핑은 즐겁다. 쇼핑을 하면 뭔가 좋은 일이 생길 것만 같다. 특히 옷이나 속옷을 샀을 때 그렇다. 가벼운 발걸음으로 지하철 홈으로 내려가자 거의 동시에 빨간색 전철이 들어온다. 그것도 하나의 '좋은 일'로 여겨진다. 벌써 좋은 일이 일어나기 시작했다는 증거처럼…….

'이런 것, 남자들은 모를 거야.'

나는 승차구 옆에 서서 생각했다. 예를 들어 하라구치 씨. 하라구치 씨 같은 사람은 결코 알 수 없을 것이다. 그렇게 생각하는 이유는 내가 잘 알고 있는 남자라고는 하라구치 씨밖에 없기 때문이었다. 하라구치 씨는 말하자면 내겐 온 세상 남자의 상징이었다. 아니, 일본 남자 중에서 정도로 해둘까.

신주쿠에서 사람들이 우르르 내려 전철 안은 텅텅 비었다. 나는 좌석 끝에 앉아, 손에 들었던 가벼운 종이봉투를 무릎에 살며시 놓았다. 코를 가까이 대고 냄새를 맡아 보았다. 그럴 리는 없지만 달콤한 꽃향기가 살짝 나는 것만 같았다.

'이런 거, 남자들은 모르겠지.'

이런 생각이 들 때가 많았다. 남자들은 분명히 내가 느끼는 대부분을 못 느낄 거다. 쇼핑하고 난 뒤에 오는 '좋은 기분'도 모를 것이고 코스요리를 먹을 때 우선 디저트부터 정하고 먹어야 한다는 것도 모를 거다. 선물 포장 상자에 리본이 있고 없고는 엄청난 차이가 있다는 것도, 새 책에서 나는 향긋한 냄새도, 크림색이 아니라 달걀색으로밖에 표현할 수 없는 색의 존재도 분명 남자는 모를 것이다. 그런 것을 생각하자 나는 도저히 남자와는 같이 살 수 없을 것 같았다. 한 치의 망설임도 없이 그런 생각이 들었다.

여자라고 다 남자와 짝을 이루고 싶은 것은 아니다. 홀로 사는 여자가 모두 연애를 갈망하는 것도 아니다. 인생에는 좀 더 풍요롭고 우아한 것이 널렸다.

전철이 멈추자 나는 몇몇 사람과 함께 내려 건너편에 정차해 있는 전철로 갈아탔다. 몇 분 후 전철은 어두운 터널을 달리기 시작했다.

지하철 개찰구에서 지상으로 올라가는 계단을 올려다보니 출구가 세로로 긴 직사각 모양으로 하얗게 빛나고 있었다. 빛의 출구. 계단을 올라갈수록 빛은 약해지고 바깥의 광경들이 눈에 들어왔다.

건널목을 건너 몇 안 되는 상점이 나란히 있는 보도를 따라 걸었다. 하늘은 더없이 맑고 공기는 포근했다. 평일이라 걷는 사람이 적었다. 걷다 보니 기분이 좋아졌다. 최근에 오픈한 케이크 가게에서 케이크 네 조각을 샀다. 오른손에 케이크 상자, 왼손에 종이 쇼핑백을 들고 집으로 향했다. 상점들이 끝나는 곳에 아파트와 집들이 들어서 있었다.

역에서 20분 정도 걸어가면 우리 집이다. 벚나무는 꽃이 완전히 떨어지고, 지금은 초록 잎만 잔뜩 났다. 산수유나무며 제대로 열매를 맺지 않은 복숭아나무도 잎이 무성했다. 대문으로 들어가 섬돌을 딛고 미닫이문을 열며 엄마를 불렀다.

"엄마! 케이크 사 왔어."

"어머나, 어디서?"

엄마의 목소리가 복도를 타고 들려왔다.

"상가에 아주 근사한 가게가 새로 생겼잖아. 거기서."

나는 말하면서 구두를 벗어 제자리에 반듯하게 정돈한 후 복도로 갔다. 엄마는 거실에서 다림질하다 고개를 들어 미소를 띤 채 말했다.

"어머, 나도 거기서 케이크 살까 했는데. 맛있겠다. 차 준비할게."

"됐어, 됐어. 내가 할게."

일어서려는 엄마를 말리고 거실 건너편에 있는 부엌으로 갔다. 주전자에 물을 붓고 가스레인지를 켜고 식기 수납장에서 홍차용 포트를 꺼냈다. 엄마가 들어와서 케이크 상자를 열면서 말했다.

"어머나, 예뻐라!"

"엄마가 좋아하는 거 골라 봐."

"아니야, 딸이 먼저 골라."

"그럼 나는 이 타르트로 할래. 우리 하나씩 먹고 나머지는 저녁 후에 먹자."

"그래, 그럼 나는 이 하얀 거. 이건 뭐지? 치즌가?"

이야기하면서 차를 준비해 쟁반에 담아 거실로 날랐다. 다림질은 이미 다 돼 있었다. 다림질한 옷은 옷걸이에 걸려 있고 다리미는 다리미판에 세워져 있었다.

"딸, 다리미 만지면 안 돼! 아직 뜨거우니까."

부엌에서 엄마가 말했다.

'나리미 만지면 안 돼! 아직 뜨거우니까.'

이 말을 나는 어릴 적부터 늘 들어 왔다. 엄마는 언제나 나를 진짜 어린애로 생각하고 있다. 네 살 무렵인가부터 성장하지 않은 어린애…….

"택배는 언제 와?

소파에 나란히 앉은 엄마가 물었다.

"내일은 올 거야."

"고마워. 우리 딸. 잘 됐네. 이제 쌀이나 이런 거는 무거워서 못 들겠더라. 와, 이 케이크 맛있다! 잘 골랐네."

"그러게. 생각보다 더 맛있네. 나간 김에 속옷도 사 왔어. 그것도 에레스로."

"그게 뭔데?"

168

"프랑스 브랜드야. 가격은 비싸지만 그만큼 멋져."

"그래? 어디 좀 보자."

"기대해 봐."

"속옷만 사 왔어?"

"응, 지하 식료품 판매장이랑 4층 여성복 판매장도 보긴
했는데, 딱히 맘에 드는 게 없었어."

"지금 계절이 어중간해서 옷을 사기도 그렇고……."

대화가 뚝 끊겼다. 엄마는 일어서서 텔레비전을 켰다. 갑
자기 거실이 시끄러워졌다. 낮에 하는 프로그램인 와이드쇼
에서는 건강 특집 방송을 하고 있었다. 해설자들은 와자지껄
소리를 지르며 기묘한 체조를 하고 있었다. 케이크를 다 먹
은 뒤 발밑에 놔둔 종이 쇼핑백을 끌어당겼다. 얇은 종이로
포장된 것을 살짝 꺼내 정성스레 열었다.

"자, 봐봐, 이게 바로 에레스야."

텔레비전을 보고 있는 엄마에게 말하자, 엄마는 무릎에
펼쳐 놓은 속옷으로 시선을 옮겼다.

"어머나……."

거기서 말을 끊었다가 물었다.

"얼마야? 이거."

"브래지어가 이만 팔천 엔. 짧은 속바지는 만 이천 엔."

"그렇게나 비싸?"

"프랑스제니까."

"입어 봐."

"그럴까? 입어 볼까?"

나는 속옷을 들고 복도 구석에 있는 목욕탕으로 갔다. 탈의실에서 옷과 속옷을 벗고 갓 사 온 속옷을 입어 보았다. 매끈매끈한 촉감이 매우 기분 좋았다.

속옷을 입고 엄마에게 보여 준다고 여자 친구들에게 말하면 이상하다는 눈으로 볼 것이다. 아마 몬 쨩조차도. 나는 사 온 것은 무엇이든 엄마에게 보여 주었다. 신발도 신고 보여 주고 원피스도 입고 보여 주었다. 속옷 입은 모습도 당연히 보여 주었다. 세 살 아래 여동생인 몬 쨩은 같은 집, 같은 엄마에게 태어나 길러졌건만 사춘기 때부터 사 온 것을 감추기 시작했다. 옷이며 신발이며 가방이며 심지어 잡지까지도 몰래 자기 방으로 가지고 들어갔다.

"너, 결국 언젠가는 다 들켜."

나는 몬 짱에게 말하곤 했다.

"나는 언니를 통 모르겠어."

몬 짱은 번번이 그렇게 말했다.

나 역시 몬 짱의 사고방식을 모르겠다.

"어때? 어떤 느낌이야?"

탈의실 밖에서 엄마가 물었다.

"짜잔!"

난 문을 열어젖혔다.

"와, 멋진데. 수영복 같기는 하지만."

"역시 비싼 값 하지? 가슴이 확 올라가 보이잖아."

"와! 우리 딸, 몸매가 살아나네!"

엄마는 웃으면서 거실로 돌아갔다. 나는 얼른 옷을 입고 거울에서 가슴의 높이를 확인했다. 확실히 가슴이 올라가 있었다.

"오늘 저녁 반찬거리는 내가 사 올까?"

케이크 접시를 치우고 있는 엄마에게 물었다.

"그럼, 같이 갈까? 4시쯤 갈까 했는데 좀 더 일찍 나가자. 날씨가 좋으니까."

"그래요. 날씨도 좋은데 좀 걷지 뭐. 기분이 날아갈걸."

나는 거실 소파에 앉아 말했다. 텔레비전에서는 체조가 끝나고 아까 왁자지껄하게 소리 지르던 해설자가 심각한 얼굴로 살인사건에 대해 뭔가 말하고 있었다.

몬 짱은 스무 살 때 집을 나갔다. 한바탕 소동을 일으킨 후였다.

"도쿄에 있는 대학에 다니면서 집도 도쿄에 있는데 굳이 혼자 나가 살 필요 없잖아. 남들 보기에도 좀 그렇고."

남들이 보기에 어떻든 간에, 혼자 나가 살 필요가 없다는 엄마의 말에는 나도 마음속으로 동의했다. 그 말을 들은 몬 짱은 발끈했다.

"그런 게 아니라고 몇 번이나 말했잖아요! 확실히 말하지 않으니까 잘 모르는 모양인데, 내가 콕 집어 말해 줄게! 나는, 나는 말이야, 이 집도 당신도 너무너무 싫어! 나는 아버지가 나간 이유를 알겠어! 아버지도 이 집과 당신이 지긋지긋하게 싫었던 거지!"

그냥 말해도 될 것을 울고불고, 그야말로 절규를 하는 것이었다.

우리 아버지는 내가 고등학생, 몬 짱이 중학생이었을 때 다른 여자가 생겨 집을 나갔다. 엄마는 우리에게 그 여자가 어디 사는 누구이며, 아버지가 어디로 나갔는지 말하지 않았다. 어느 날 학교에서 와보니 정원 앞에 엄마가 쭈그리고 앉아 있었다. 둥글게 굽은 등이 떨리고 있어서 우는 줄 알았는데 가까이 가서 보니 엄마는 우는 게 아니라 어린이 장난감 같은 모종삽을 몇 번이나 땅에 내리꽂으며 흙을 헤집고 있었다. 엄마가 무엇을 하고 있는지는 몰랐지만 보지 말아야 할 것을 봤다는 생각이 들었다. 아무것도 못 본 체 집으로 들어가려고 했는데 거기서 움직일 수가 없었다. 엄마는 뒤돌아 나를 보고는 흙투성이 손을 감추려고 하지도 않고 엷게 웃으며 물었다.

"오늘 저녁은 뭘로 할까?"

몬 짱은 대학을 졸업하고 건강식품 회사에 취직했다. 그리고 스물일곱에 같은 회사에 다니는 사람과 결혼했다. 지금은 두 아이의 엄마다. 아직도 이 집이 싫은지 거의 오지 않는다. 너무너무 싫다고 쏘아대던 몬 짱의 말을 들은 엄마 역시 몬 짱의 집을 찾아가지 않는다.

"난 그 애가 감당이 안 돼."

언젠가 엄마가 내게 말한 적이 있다.

"내가 낳은 자식이 아닌 것 같을 때가 있어. 집 나갈 때만
해도 그래. 도대체 그게 무슨 짓이야. 소리를 질러 대고 울고
불고. 내가 뭘 어쨌다고 그러는 거냐고."

엄마는 아마 몬 짱이 아버지 얘기를 꺼낸 것을 용서할 수
없었나 보다. 그래서 십오 년이 흐른 지금까지도 몬 짱을 용
서할 수 없는 건지도 모르겠다. 아버지를 미워하듯이. 증오
하고 있는 건 아닌지 모르겠다. 그래서 몬 짱이 낳은 아이도
보고 싶어 하지 않고……

나는 일을 그만두고 나서는 서너 달에 한 번은 몬 짱의
집을 찾아갔다. 엄마와 동생 사이가 단절된 채로 놔둬선 안
된다는 맏딸의 책임감 때문이었다. 몬 짱은 줄곧 같은 회사
에 다니고 있어서 나는 토요일이나 일요일 아니면 평일 밤에
들르곤 했다. 몬 짱은 치바현 모토야와타의 35년짜리 대출
로 산 아파트에서 살고 있다.

"그런데 넌 우리 집과 엄마가 왜 그렇게 싫은 거니?"

몬 짱에게 그렇게 물은 적이 있었다. 첫아이를 임신했을 무렵이었던 것 같다. 평일이었으니까 틀림없이 몬 짱이 산휴 중이었을 것이다.

"말하자면 지배욕이지."

몬 짱은 저녁 준비를 하면서 대답했다.

"내가 학교에 가 있는 사이에 그 사람이 맘대로 내 방에 들어온다는 것을 중학생 무렵 알아챘어. 편지며 일기며 교과서의 낙서까지도 전부 체크한 거야. 내가 그러지 말라고 분명히 말했어. 하지만 그 사람은 끝까지 내 방을 뒤지지 않았다고 우겨대는 거야. 그뿐만이 아니야. 남자 친구에게서 걸려오는 전화도 바꿔주지 않았고 내 진로까지 맘대로 결정하려고 했어. 게다가 자기가 아버지를 미워하는 것은 자유지만 우리에게까지 미워하라고 강요했잖아. 그 사람이 일하지 않아도 우리가 그럭저럭 살 수 있었던 것은 아버지로부터 뭔가 원조를 받고 있었기 때문에 가능했던 거야. 적어도 나에게는 좋은 아버지였고 감사한 마음까지 들었어. 그래서 지원한 학교에 붙었을 때 아버지에게 연락하고 싶다고 했더니, 그 사람이 뭐라고 한 줄 알아? '너 같은 애는 틀림없이 벌써 잊었을 걸.

그러니까 널 버리고 간 거지.' 이렇게 말하는 거야. 그대로 집에 있으면 미쳐버릴 것 같아서, 대학교 생활 처음 2년간은 수업도 제대로 듣지 않고 아르바이트로 돈을 모았지. 내가."

이런 말을 마치고 우월감에 찬 눈길로 나를 흘끗 보더니 한마디 덧붙였다.

"언니는 그런 것 모르겠지만."

나는 웃음이 터지는 것을 참을 수밖에 없었다. 우리가 없을 때 엄마가 방을 뒤졌다는 것은 초등학교 때부터 알고 있었다. 왜 뒤져 보는 걸까. 그건 숨기는 게 있기 때문이라는 이치도 꿰고 있었다. 그래서 나는 방에 비밀을 두지 않았다. 일기도 편지도 책상 위에 펼쳐 놓으면 그만이다. 낙제점을 받은 시험지며 주소록이며. 사 온 것은 죄다 엄마에게 보여 주었다. 숨기니까 엄마에게 들킬 수밖에 없다는 이치를 몬 짱은 십 년이 다 되도록 왜 몰랐을까? 그게 나에게는 수수께끼였다. 남자 친구에게서 온 전화와 시험에 관해서라면 몬 짱은 운이 나빴다고밖에 말할 수 없다. 나는 엄마가 가라는 여자고등학교를 갔고 거기서 여자대학을 갔다. 그러니 남자에게 올 전화도 없었고 진로에 대해서 옥신각신할 일도 없었다. 설령 그렇다 쳐도 분명 뭔가 대책은 있었을 것이다. 아버지 일만 해도 엄마가 말하는 것은 객관적으로 옳다. 우린 버림받은 것이다. 대학에 합격했다고 전화한들 아버지가 축하해 줄 리는 없다. 아마 엄마는 몬 짱이 상처받을까 봐 일부러 그렇게 심하게 말했을 것이다. 결론은 몬 짱이 아직 어리다는 것이다. 우월감에 가득 찬 눈빛을 보내는 동생이 우스워서 견딜 수가 없었다.

몬 짱은 스물아홉에 딸을 낳고 서른하나에 아들을 낳았다. 올해로 큰 애가 여섯 살, 작은 애가 네 살이 되었다. 몬 짱은 유아 때부터 아이들을 어린이집에 맡기고 일하고 있다. '나는 엄마처럼 살기 싫어.'라는 말이 몬 짱의 입버릇이었다. 확실히 몬 짱의 집은 우리 집과 정반대였다. 항상 어질러져 불결했고 식탁에는 사다 놓은 반찬들이 가득했다. 몬 짱의 남편은 아무 불평 없이 설거지했고 빨래도 개었다. 아이들은 야생동물 같았다. 서서 밥을 먹든 둘이 들러붙어 싸우든 몬 짱은 화를 내지 않았다. 큰딸 리쿠코에게 분홍색 옷을 입히지도, 큰아들 가이토에게 영어를 가르치지도 않았다.

나는 몬 짱의 집에서 돌아오는 길에 다시 터져 나오는 옷음을 꾹 참았다.

'몬 짱이 하는 짓은 결국 엄마와 똑같잖아. 엄마와 그 집에서 도망쳐 나왔다고는 해도 아직도 얽매여 있는 거 아니냐고. 그야말로 몬 짱은 아직도 어린애 그대로야.'

"엄마, 오늘 내 점심은 필요 없어."

아침을 먹으며 이야기하자 엄마는 깜짝 놀라 한쪽 눈썹을 치켜뜨며 "니카와 씨랑?" 하고 물었다. 니카와는 같은 반 친구로는 유일하게 지금도 알고 지내는 사이다. 2년 전에 이혼한 니카와도 친정에서 살고 있다.

"아니, 하라구치 씨랑."

내가 대답하자 순간 엄마의 콧구멍이 벌렁거렸다.

"아, 하라구치 씨구나. 어디서 만나?"

토스트에 버터를 바르면서 엄마가 물었다.

"회사 근처에 아주 맛있는 돈가스 가게가 있대."

"그럼, 점심은 돈가스겠네. 그럼 저녁은 회로 할까? 깔끔하게."

"그 돈가스 가게, 정말로 맛있으면 다음에 같이 가."

"그래, 그럼 냉정하게 점수 매겨 와."

엄마가 웃었다.

"하지만 하라구치 씨라서……."

엄마는 토스트 가장자리를 깨끗하게 도려내면서 웃음을 띤 채 말했다.

"그 사람은 무엇을 먹어도 '맛있어, 맛있어.' 그러잖아. 치요즈시 초밥집이 휴업이어서 할 수 없이 아무 데서나 파는 초밥을 사 가지고 왔을 때도 그랬지. 맛이 없어 못 먹을 지경이었는데도, '맛있어, 맛있어.' 했잖아. 어째 초밥을 먹어본 적이 없는 거 아닌가 하는 생각이 들더라."

"그 사람 몸집이 크잖아. 섬세한 곳까지 신경이 못 미치는 게 아닌가 싶어. 그 사람의 혀는 틀림없이 먹는 건지 아닌지를 구별하는 게 고작인가 봐. '먹을 거다.' 싶으면 맛있다고 말하게 되나 봐."

"그럴지도."

내 말에 엄마는 더 크게 웃었다.

하라구치 씨는 나의 첫 근무지 동료였다. 나는 몇 번인가 직장을 옮겼다. 결국 지금은 아무것도 하지 않고 집에 있는데, 하라구치 씨는 아직도 그 회사에 다니고 있다. 스물세 살 때 하라구치 씨로부터 좋아한다는 고백을 받았다. 사랑한다는 고백을 받았다고 엄마에게 말했더니 집에 데려오라고 했다. 연애까지는 진도가 안 나갔지만 지금도 친구로 지내고 있다. 하라구치 씨의 결혼식에 나는 엄마와 같이 참석했었다.

"하라구치 씨와 어떻게 되어가는 거 없니?"

엄마는 가장자리를 잘라 낸 토스트에 오믈렛을 올려서 먹고 있었다.

"있긴 뭐가 있어? 양육비를 앞으로 20년이나 보내야 하는 사람과."

하라구치 씨는 서른 살에 이혼했다. 이혼한 아내에게 정년퇴직할 때까지 양육비를 보내 준다는 합의를 한 모양이다.

"하긴 뭐, 그러네. 하지만 너도 계속 이렇게만 있을 순 없지. 하라구치 씨 같은 사람 만나지 말고 다른 좋은 사람을 찾아봐."

"알았어."

건성으로 대답하고 부엌에서 나왔다.

"나중에 문 앞 좀 청소해 줘."

"알았어."

한 번 더 대답하고 집 밖을 나섰다.

"언니, 무섭지 않아?"

몬 짱이 그렇게 물은 것은 작년에 내가 일을 그만두었을 때였다. 야생 그 자체인 아이 두 명과 입을 벌린 채 쩝쩝거리며 먹는 몬 짱의 남편과 식사를 마친 뒤였다. 집으로 돌아올 때 웬일인지 역까지 바래다주겠다며 몬 짱이 따라나섰다.

"무섭지 않아?"

또 듣기 싫은 말이나 빈정대는 말을 하려나 보다 했는데 몬 짱의 표정에서 진심으로 나를 걱정하고 있다는 것을 읽을 수 있었다.

"뭐가?

"그 할망구에게 인생을 빼앗기고 있는 것처럼 보여."

세상에나! 할망구라니! 어떻게 엄마를 그렇게까지 부를 수 있나 생각하고 있는 나에게 몬 짱은 진지한 얼굴로 이야기를 이어 갔다.

"이대로는 언니는 어디에도 못 가. 할망구와 죽 둘이서 사는 거지. 그게 언니의 세상이야. 그나마 할망구가 살아 있

을 동안은 괜찮지. 할망구가 죽고 나면 어쩌려고. 언니만 끈
떨어진 뒤웅박 신세가 되지."

자기의 논리를 펼치듯 말했다.

나는 아무 대답도 하지 않았다.

"난 할망구가 언니를 복수의 도구로 이용한다는 느낌을
떨칠 수 없어."

몬 짱은 밤길을 걸으면서 계속 말했다.

"누구에 대한 복수? 아버지?"

"자기 자신에 대한 복수지. 언니가 할망구보다 행복하게
되는 것을 용납할 수 없는 거야. 외톨이로 살게 하는 것이 자
신에 대한 복수니까."

"무슨 말인지 모르겠어."

나는 웃었다. 사실 정말로 그 말의 의미를 몰랐다. 왜 엄
마가 자신에게 복수를 하며, 왜 나를 외톨이로 만들어야만
하는 건지.

"하지만 난 전부 나 스스로 선택한 거야."

'너와는 달라.'라는 말은 마음속으로만 했다. 엄마가 반
대하는 것을 함으로써 엄마에게 도리어 예속되어 있는 너와

는 다르다고.

"뭐, 그렇게 생각한다면 어쩔 수 없고……."

몬 짱은 체념한 듯이 말하고 개찰구에서 끝도 없이 손을 흔들었다. 돌아보고 또 돌아보아도 여전히 거기에 서서 나에게 손을 흔들고 있었다.

두 집 건너 사는 요시다 씨가 운동복 차림으로 지나갔다. "안녕하세요!"라는 인사와 함께 수건으로 이마를 닦으며 미소 지었다. 빗자루를 든 채 나도 웃으며 인사했다. 요시다 씨는 4월부터 마라톤을 시작했다. 중앙공원까지 달려가서 공원 안을 한 바퀴 돈다고 했다. 요시다 씨가 우리 집을 지나가면 이웃집 개 베키가 항상 짖었다. "아이코, 무서워라."

요시다 씨가 돌아보며 나를 향해 또 미소를 지어 보이곤 걸음을 재촉하며 자기 집을 향해 갔다.

하라구치 씨와 어떻게 될 사이도 아니면서 나는 지난번에 산 에레스 속옷을 입었다. 겉에는 엄마가 다림질해 준 블라우스와 초봄에 사둔 치마를 입었다가 엄마가 어떻게 생각할지 신경이 쓰여 검은 바지로 바꿔 입었다.

"다녀올게요."

"이거, 저녁에 필요한 재료야. 오는 길에 사 올 수 있지?"

거실에 얼굴을 내밀자 텔레비전 앞에서 레이스를 뜨고 있던 엄마가 고개를 들고 메모한 종이를 내밀었다. 나는 종이를 받아 들고 집을 나왔다. 오늘도 날씨는 맑았다. 바람은 부드럽고 속옷은 완전 새것이었다. 아파트 위층에서 거둬들이는 것을 잊어버린 듯 고이노보리*가 하늘에서 두둥실 펄럭이고 있었다.

결혼 직전까지 간 적이 있었다. 스물아홉 살 때였다. 친구들이 거의 다 결혼하자 나는 초조해졌다. 어떡하든 서른 살까지는 꼭 결혼해야겠다고 생각했다. 결혼상담소에 신청해서 몇 사람인가를 만나 보고, 이 사람이라면 결혼해도 되지 않을까 하는 사람을 만났다. 아카사카 모토오 씨라는 사람이었다. 서른한 살에, 무역회사를 다니고 있었고, 본가는 사이타마에서 술집을 하고 있었다. 모토오 씨는 차남이었다. 글쎄 그런 걸 연애라고 할 수 있는지는 모르겠지만, 모토오

* 어린이날 남자아이가 건강하게 자라라는 뜻으로 천이나 종이로 만든 잉어 모양 깃발을 만들어 높이 달아 놓은 것

씨와 보낸 시간은 왠지 기분이 항상 들떠 있었다. 아스팔트도 전철의 손잡이도 문도 책상도, 내가 만지는 것은 모두 붕붕 떠다니는 것만 같았고, 마치 구름 위를 걷는 기분이었다. 함께 영화를 보거나 드라이브를 가기도 했고 식사도 했다. 반년 뒤에 결혼하자는 말을 들었다. 그날 집에 돌아와 그 말을 전하자 엄마가 눈물을 흘릴 정도로 기뻐했기 때문에 나는 모토오 씨에게 전화를 걸어 결혼을 허락하셨다고 전했다.

발단이 뭐였더라? 반지 때문이었나? 상견례 때문이었나? 어떤 문제였는지 지금은 생각도 나지 않는다. 모토오 씨가 준 결혼반지와 그쪽 부모님과의 상견례에 대해서 엄마는 조심스러우면서도 집요하리만치 깎아내렸다. 모토오 씨가 준 것은 디자인 반지였다. 그 일을 두고 엄마는 못마땅해 하며 눈살을 찌푸렸다.

"상식이 없네, 결혼반지라면 다이아몬드를 박은 반지여야 하는데 어째서 이런 싸구려 가게에서나 파는 것을……."

더 놀라운 것은 백화점을 샅샅이 뒤져 같은 반지를 찾아 가격을 조사한 것이었다.

"결혼반지로 오만 엔짜리 반지를 주는 남자도 있니? 구

짱, 너, 바보 취급당하고 있는 거 아니니?"

그렇게 말하고 엄마는 울었다. 울 것까지 뭐가 있냐고 엄마를 달랬다. 그랬더니 딸이 바보 취급당하는데 가만있을 부모가 어디 있느냐면서 두 손으로 얼굴을 감싸 쥐며 울었다.

상견례도 엉망 그 자체였다. 모토오 씨의 가족은 장사하던 가락인지, 그 집안 내력인지 몰라도 주량이 셌다. 모토오의 아버지, 어머니는 물론이고 모토오의 형과 형수도 놀라우리만치 많이 마셨다. 우리에게도 마시라고 웃는 얼굴로 강요했다. 따라준 술에 좀처럼 손도 대지 않고 가만히 있자, 모토오 씨 아버지는 트집을 잡기 시작했다.

"술집 며느리가 될 텐데 술을 못 마시면 어떡하누."

나는 엄마가 불쾌해 한다는 것을 금방 알아챘다. 엄마는 새초롬하니 말이 없었고 요리며 술에 손도 대지 않았다. 화장실에 가려던 모토오 씨 아버지가 테이블 다리에 걸리는 바람에 모퉁이에 늘어선 술병이 바닥에 떨어져 술이 쏟아져 흘렀다.

"잔칫집에 온 게 아니에요!"

엄마가 불쾌함을 숨기지 않고 내뱉었다.

"뭐라고 잘난 체하는 거야?"

모토오 씨의 아버지가 나섰다. 그리고 몇 마디 언쟁이 있었다. 식사는 구운 요리가 막 나온 참이었다. 엄마는 내 손을 이끌고 방을 나왔다. 엄마는 허둥지둥 말리러 나온 모토오 씨를 무시하고 거리로 나가 택시를 잡으려고 손을 들었다.

"정말 저런 집안이라도 괜찮은 거니?"

엄마는 택시 안에서 물었다. 기분이 언짢던 엄마가 다정한 목소리로 말하길래 안심이 되었다.

"뭐랄까, 저런 천박한 집에다 술집 며느리란 말을 들어도 정말 괜찮겠니?"

"하지만 엄마! 모토오 씨는 독립해서 살고 있고 차남이야. 그리고 이미 이것저것 결혼 준비도 하기 시작했잖아. 이제 와서 그만두자고 할 수도 없고. 설마 시아버지가 날마다 술을 마시라고 권하러 오겠어?"

내가 농담 삼아 웃으며 말해도 엄마는 웃지 않았다. 엄마는 어두운 택시 안에서 침울한 어조로 내게 사과했다.

"미안해. 그 사람이 집을 나가 버린 탓이야. 아버지가 없어서 저런 집 따위와 선을 보게 하다니."

엄마의 말이 다 옳다고 생각한 것은 아니었다. 결혼반지가 오만 엔짜리라서 나를 우습게 여긴다고는 생각하지 않았다. 모토오 씨와 결혼에 있어서 홀어머니든 그 무엇이든 상관없었다. 그러나 적어도 나 자신을 의심하는 계기는 되었다.

'나는 왜 모토오 씨와 결혼하려는 것일까? 애당초 왜 결혼하려고 했을까? 모두가 가지고 있는 샤프펜슬을 나도 갖고 싶다는 것과 같은 이유로 인생의 중대사를 결정해 버려도 되는 것일까?'

결국, 내가 꺼낸 결론은 결혼 중지!

'내가 느낀 들뜬 행복의 정체는 결코 연애도 애정도 아니었다. 초조한 나머지 좋아하지도 않는 남성과 한평생을 함께 보내려고 했다니, 나 자신을 너무 함부로 대한 거였다. 식장은 몇 군데 예비조사를 마친 단계이고 주례는 모토오 씨의 상사가 맡기로 했지만 그런 건 어떻게든 처리되겠지. 그만두려면 바로 지금이다. 자신의 인생을 자신의 것으로 만들려면 지금이다!'

나는 그렇게 결론을 내리고 엄마에게 말했다.

"나, 결혼 안 할래."

엄마가 기뻐할 줄 알았다. 딸이 볼품없는 집안에, 바보 취급을 당하면서 시집가지 않아도 되는 것에 깊은 안도를 할 줄 알았다. 그러나 엄마는 맹렬하게 반대했다.

"결혼이야말로 여자의 행복이고, 아이를 빨리 낳는 것처럼 좋은 일은 없어. 세상 이목도 있고, 양친이 좀 그렇기는 하지만, 집안 보고 시집가는 거는 아니잖니? 잘 생각해 보렴. 한 번 더 생각해 봐."

그러나 신기하게도 엄마가 권하면 권할수록 내 결심은 확고해졌다. 모토오 씨와 결혼하려고 생각했던 나 자신이 최면술에 걸려 있던 것은 아닐까 할 정도로 결혼하고 싶은 마음이 싹 사라졌다. 엄마는 아무리 설득해도 내 생각이 바뀌지 않을 것을 알고 체념했다. 모토오 씨와 그 가족에게 결혼을 거절한다는 말과 사과의 말을 한 것도 엄마였다.

자초지종을 내게 들은 몬 짱이 말했다.

"언니! 할망구가 언니 인생을 망치고 있는 거야."

"나는 오히려 감사하게 생각해. 좋아하지도 않는 사람에게 시집을 안 가도 되고."

몬 짱은 못 볼 사람이라도 본 것처럼 나를 보더니, 뭔가 말하려다 말고 입을 다물었다. 다음 해, 몬 짱은 연예인으로 치면 '깜짝 결혼'이라고 할 정도로 서둘러 결혼했다. 몬 짱이 말하려다 그만둔 것이 뭐였는지 알 것 같았다. '나는 언니처럼 안 살 거야.' 그 말이 하고 싶었겠지.

그리고 한동안 엄마는 농담처럼 말하곤 했다.

"그 술집 아들은 어떻게 지낼까? 믿음직스럽진 않아도 바람은 안 피울 타입이야. 구 짱이 아까운 사람 놓친 거지. 도대체 누굴 닮은 거야. 고집만 세니."

역으로 연결되는 건널목에서 신호를 기다리면서 엄마의 모순에 대해서 생각했다. 나보고 그런 집에 시집가느냐고 책망해 놓고 아깝게 놓쳤다며 놀렸다. 하라구치 씨를 깎아내리면서 하라구치 씨와 어떻게 해 보지 않겠냐고 물었다. 좋은 사람을 찾으라고 말하면서도 막상 찾으면 틀림없이 엄마는 그 사람의 나쁜 점만 찾아낼 것이다.

신호가 파란색으로 바뀌자 나는 갑자기 지난해 밤길을 같이 걸으면서 몬 짱이 했던 말이 생각났다. 엄마가 나를 복수의 도구로 삼고 있다는 그 말이.

아아, 그런가. 그런 것이었나. 지금에 와서야 나는 몬 짱이 했던 말을 이해하게 되었다. 그러자 엄마의 모순에 대한 수수께끼가 풀렸다.

엄마는 내가 행복하길 바라면서 동시에 행복하지 않길 바라는 거였구나. 그것은 즉 자신의 과거에 대해 엄마가 느끼는 감정이었다. 엄마는 행복했다고 생각하고 싶어도 도저히 그런 생각이 들지 않았다. 행복할 리가 없다. 정확히 말하자면 몬 짱의 말은 틀렸다. 엄마는 나를 복수의 도구로 삼고 있는 것이 아니었다. 엄마는 나를 자기 자신이라고 생각하고 있었다. 외롭게 홀로 흙을 파서 뒤집고 있던 엄마 자신.

몬 짱은 결코 이해할 수 없겠지만 나는 지금도 엄마에게 감사하고 있다. 반지의 가격을 조사한 것도, 모토오 가족이 볼품없는 집안이라고 못 박아 말한 것도 감사하다. 그래서 내가 내 인생을 발견하게 해 준 것에 감사한다.

하라구치 씨가 데려간 돈가스 가게는 유명한 듯 도착했을 때는 이미 줄이 길게 늘어서 있었다. 줄 맨 끝에 서서 요즈음 일들에 대해 서로 이야기했다.

"나 아파트 샀어."

하라구치 씨가 느닷없이 말했다.

"양육비도 내면서 어떻게?"

"장기 대출로……."

"갑자기 왜?"

"이제부터 진지하게 인생의 반려자를 찾아보려고."

진지한 얼굴로 말하는데 내가 웃어 버렸다.

"어, 나 진심이야."

하라구치 씨가 내 표정을 살폈다.

"인생 반려자를 찾는 준비로 먼저 맞선이나 소개팅을 한 게 아니라 아파트를 샀다니, 왠지 듣기 좋네!"

"역시 집은 있어야지."

"유리한 조건이 생긴 거네."

문이 열렸다. 와이셔츠 차림의 두 사람이 나오고, 사무실 여직원처럼 보이는 두 사람이 들어갔다.

"너는 어때? 일 찾을 생각은 안 하는 거야? 어머님의 건강도 이제 괜찮지?"

"글쎄, 이젠 슬슬 찾아볼까 해."

그런 말을 되풀이한 지도 벌써 1년이 다 되어 간다. 하라구치 씨에겐 엄마의 건강이 좋지 않아서 병간호를 하려고 회사를 그만둔다고 했었다. 물론 거짓말이었다. 작년에 일흔이 된 엄마는 근래 십 년 동안 감기 한 번 걸리지 않았다. 진짜 회사를 그만둔 이유는 회사 사람들의 가치관에 맞추는 것이 힘들어서였다. 간단히 말하면 내가 서른여덟까지 애인도 없이 엄마와 둘이 사는 것에 대해, 남들이 이런저런 탐색을 하거나 간섭을 하거나 걱정을 하는 것이 못 견디게 싫었다. 근무한 지 2년째 될 때, 머리에 일 엔짜리 동전 크기의 원형탈모가 생겼다. 그걸 계기로 회사를 그만두었다. 탈모에 대해선 엄마에게 말하지 않았다. 말하자면 나의 첫 비밀이었다.

"은둔생활 한다고?"

"편안해서 좋아. 아무 신경도 안 써도 되고. 하라구치 씨도 무리해서 재혼할 필요 없잖아? 새 아파트에서 혼자 맘 편하게 살아도 좋잖아."

"무슨 그런 쓸쓸한 말을……."

문이 열리고 이번에는 화려한 차림을 한 중년 여성들이 우르르 나왔다. 의외로 음식점의 테이블 회전이 빨랐다.

"쓸쓸하려나?"

"어쩌면 너는 쓸쓸하다는 감정이 없는지도 모르겠다."

하라구치 씨는 나를 찬찬히 들여다보며 말했다. 내 앞에 서 있는 남녀가 가게 안으로 들어가고, 드디어 다음은 우리 차례였다. 고소한 기름 냄새가 풍겨 나왔다.

"어쩌면 그런 감정이 없는 편이 나을지도 몰라. 괜한 마음고생을 하지 않아도 되잖아."

"너도 어머님이 돌아가시면 틀림없이 알게 될 거야. 쓸쓸함이라는 것을."

"그럴지도." 했다가 "분명히 그럴 거야." 하고 얼른 고쳐 말했다. 한순간, 엄마가 없어도 나는 쓸쓸하지 않을 것이라는 생각을 했다. 생각했다기보다는 깨달았다는 표현이 더 맞는 것 같다. 그런 느낌이 들자 왠지 소름이 끼쳤다.

"넌 강하구나."

나를 추켜세우는 하라구치 씨의 말과 달리 목소리에 어쩐지 화가 묻어 있었다. 기다리는 시간에 화가 난 것인지 나의 둔함에 화가 난 것인지는 알 수 없었다.

회사원처럼 보이는 여자들이 기름으로 번들거리는 입술

을 하고 가게에서 나왔다. 우리 차례가 되어 자리로 안내받았다. 가게 안은 기름 냄새로 가득하고 만석인 테이블에서 즐겁게 떠들어 대는 소리가 넘쳐났다. "로스 2인분!" 하라구치 씨가 주문했다. 엽차가 나왔다. 나는 가게를 쓱 훑어보았다. 벽에는 빛바랜 포스터가 빼곡히 붙어 있고, 천장 가까이에는 화면의 네 귀퉁이가 거무스레한 텔레비전이 설치되어 있고, 가게 여기저기에 크고 작은 너구리 도자기가 장식되어 있었다. '불합격!' 나는 속으로 생각했다. 틀림없이 엄마는 이 가게를 싫어할 거야.

돈가스는 스테이크처럼 아주 크고 두꺼웠다. 겨자를 듬뿍 뿌려서 입에 넣자 바삭바삭하며 고소했고 고기는 놀라울 정도로 부드러웠다.

"맛있네."

옆에 앉은 하라구치 씨에게 말했다.

"그렇지?"

하라구치 씨가 의기양양하게 대답했다.

"집에만 박혀 있지 말고 자꾸 나와. 세상에는 맛있는 것이 잔뜩 있으니까."

설교조로 말하면서 하라구치 씨는 돈가스를 입에 마구 집어넣고 밥도 잔뜩 먹었다.

"맛있는 것을 먹고 있으면 세상의 어떤 것도 긍정할 것 같은 기분이 들어."

"맞아. 정말 그래."

하라구치 씨는 내가 한 말의 의미를 틀림없이 모르고 있을 터인데, 과장되게 끄덕였다.

함께 점심을 먹을 때는 식후에 꼭 커피를 마셨는데 기다리는 줄이 긴 탓에 찻집에 들를 시간이 없었다.

"불러 놓고는 차도 같이 못 마셔서 미안해."

하라구치 씨는 그렇게 말하고 나를 역까지 데려다주었다. 하라구치 씨와 나란히 걷다 보니 옛날에 이 동네를 돌아다니던 내 모습이 떠올랐다. 이십 대 초반이었다. 엄마와 쇼핑가서 산 정장을 입고 있었다. 나를 둘러싼 세상이 새롭게 보이는 것 같았고 붐비는 전철이며 줄지어 걷는 회사원들의 모습조차 좋아 보였다. 회사에서 역까지 가는 동안 여기저기 있는 음식점과 밖에 나와 있는 술집 메뉴판을 바라보는 것도 좋았다. 모닝 세트니 참치낫토니 프로방스풍 어린 양고기니 누타*니… 음식 이름들을 보면 왠지 눈앞에 닫혀 있던 세계를 자신의 힘으로 연 것 같은 생각이 들었다. 그러나 2년, 3년 해가 갈수록 재미있게 느껴졌던 모든 것들이 빛바랬다. 좋아 보였던 것일수록 혐오의 대상이 되었다. 행렬을 이뤄 걷는 사람들의 무리, 질식할 것 같은 만원 전철, 메뉴를 줄줄이 써서 세워 둔 가게 간판이나 칠판 등. 아니, 아니다. 내가 혐오감을 느낀 대상은 그것들이 아니었다. 내 앞으로 걷는 멋지게 꾸민 여자들이었다. 잡지에서 방금 튀어나온 듯한 옷을 입고 액세서리를 반짝이고 있는 같은 세대의 여자들. 그 여자들이야말로 문을 열고 나와 새로운 세계를 걷고 있었다. 그들에 비하면 나는 항상 문 안쪽에서 열쇠 구멍으로 딴 세상을 엿보고 있는 기분이 들었다.

그래서 나는 그 여자들을 엄마의 시선으로 깎아내렸다. '그게 뭐야. 그 꼴이란. 어깨를 그렇게 다 드러내다니 창부 같지 않나. 손이며 목에 주렁주렁, 물장사하는 것도 아니고. 도쿄 거리를 자세히 아는 것도 이제는 시골 사람밖에 없어. 남

---

* 잘게 썬 생선, 조개, 미역, 채소를 초, 된장으로 무친 일본의 전통음식 중 하나

자들도 정떨어져. 야한 눈길로 기분 나쁘게 훑어보고. 죄다 생각한다는 것이 맛있는 거와 짝짓기 상대뿐이라니. 세상 말세야.'

엄마의 시선으로 보면 뭐든지 하찮게 보였다. 맘이 편했다. 엄마가 나를 자신이라고 착각하듯, 분명 그때부터 나 역시 나 자신을 엄마라고 생각했다. 우리는 유전자를 초월해서 분명 닮았을 것이다.

"이제 오 분만 있으면 한 시네. 이제 됐으니까 얼른 가 봐."

옆에서 걷고 있는 하라구치 씨에게 말했다.

"조금 늦어도 돼. 나 이래 봬도 과장이야."

"아니야. 괜찮아. 이 정도면 됐어. 또 연락할게. 오늘 고마웠어."

"그럴까. 그럼, 여기서 이만. 너, 가끔이라도 외출 좀 해. 집에서 어머니와 붙어 있지만 말고, 내가 불러내지 않아도 꼭 나와야 해."

"알았어, 알았어. 알았다니까. 그럼 안녕."

나는 손을 흔들고 종종걸음으로 역으로 향했다. 뒤돌아보았다. 하라구치의 커다란 뒷모습이 뒤돌아보지 않고 걸어

갔다. 종종걸음으로 각각의 일자리로 돌아가는 많은 사람의 뒷모습 속으로 천천히 섞여 갔다.

　가다랑어, 새우, 파드득나물, 달걀, 버터– (늘 먹던 걸로) 라고 쓰인 메모를 한 손에 들고 백화점 지하 식료품 판매장을 서성였다. 평일 낮인 데도 지하 식품매장은 붐볐다. 모두 나 같은 여자들이었다. 젊은 나 같은 여자, 나이든 나 같은 여자, 아이의 손을 잡고 다니는 나와 같은 또래의 여자. 장바구니를 팔에 걸치고 걷는 그 여자들과 나를 가로막는 것이 이 매장에는 아무것도 없었다. 모두 생활이 있고 나름대로 생활을 하고 있다.

　빨간색 전철을 타고, 며칠 전과 마찬가지로 백화점 쇼핑백을 무릎 위에 놓았다. 새로 산 속옷은 나를 설레게 하지만 식품은 나를 설레게 하지 않았다. 나는 눈을 감고 흔들리는 전차에 몸을 맡겼다.

　엄마가 죽어도 나는 분명 쓸쓸하지 않을 거라고 깨달았던 조금 전을 떠올려 보았다. 지금까지 몇 번이나 엄마가 죽는 것에 대해 상상해 본 적이 있다. 순서대로 간다면 엄마가 나보다 먼저 갈 것이다. 엄마가 없다고 상상했을 때 꼭 떠오르는 광경이 있다. 거금을 들여서 산 속옷을 입고 자신을 거울에 비춰보는 내 모습이다. 엄마의 시신이 있는 침상에 푹 엎드려 있는 것도 아니고, 울고 있는 나도 아니고, 텅 빈 집도 아니고, 혼자 사는 나도 아니고, 속옷만 입은 모습으로 거울 앞에 서서 가슴의 높이나 임신해 본 적 없는 평평한 배며, 오랫동안 햇빛에 노출하지 않은 하얀 피부며, 그 피부를 감싼 연둣빛이 도는 섬세한 레이스 모양을 살펴보고 있는 나. 거기에 쓸쓸한 기분이 끼어들 여지는 없었다. 그런 상상을 할 때 나는 한껏 우쭐한 기분이 들었다. 엄마에 대해서가 아니라 뭐랄까, 내 인생에 대해. 하라구치 씨는 분명 모를 것이다.

전철을 내려서 빛이 들어오는 입구를 향해 계단을 올라갔다. 공기는 포근하고 하늘에는 구름 한 점 없었다. 가로수에는 잎들이 빼곡히 나 있다. 건널목을 건너 후지미바시 다리를 건널 때 무심코 간다강을 들여다보았다. 공기의 부드러움에 끌리듯 집과는 반대 방향으로 강을 따라 걸었다. 낮게 흐르는 가느다란 강은 탁한 갈색이다. 강을 내려다보며 몇 분 걷자 다카사고바시 다리가 나타났다. 다카사고바시 다리를 건너 또 강을 따라 걸으니 병원이 보였다. 어릴 때 이 근처까지 오면 다리가 후들거리며 무서웠다. 끝이 보이지 않는 강은 왠지 나에게 공포심을 안겨 줬다. 그래서 항상 고토부키바시 다리까지만 갔다가 돌아왔다.

목적도 없이 걷기 시작한 나는 오늘도 고토부키바시 다리에서 되돌아왔다. 앞으로 더 가지 않고 다시 강을 따라 돌아왔다. 이 강이 어디까지 계속되는 것인지 난 아직도 알지 못했다. 팔에 든 백화점 비닐봉지가 부스럭거렸다.

나는 멈춰 서서, 다리 난간에 기대어 탁한 강을 내려다보았다. 아까 샀던 가다랑어를 강에 던져버리는 상상을 했다. 비닐 팩을 뜯어, 미끌미끌한 가다랑어 반 토막을 마치 방류하듯 강에 떨어뜨린다. 흙탕물색 강에, 둔탁하고 붉은 생선 반 토막이 둥실둥실 떠내려간다. 상상하다 보니 실제로 해 보고 싶었다. 탁한 강을 따라 떠가는 머리도 꼬리도 비늘도 없는 둔탁한 붉은 생선을 떠나보내고 싶었다. 비닐봉지에 손을 집어넣으니 아이스 팩으로 포장된 가다랑어는 얼얼하니 차가웠다. 나는 손을 얼른 빼고 가다랑어를 흘려보내지 않은 채 걷기 시작했다. 다카사고바시 다리를 지나, 노인 카트에 기대어 강의 반대쪽을 천천히 걷고 있는 늙은 여자에게로 나도 모르게 눈이 갔다. 직접 가다랑어에 손을 댄 것도 아닌데 오른손에 미끌미끌하고 불쾌한 감촉이 남아 있는 것 같아 걸으면서 오른손을 검은 바지에 문질렀다. 신록이 머리 위에서 살랑살랑 춤추었다.

울어, 아가야, 울어

시게루는 아무것도 하기 싫은 것을 전부 더위 탓으로 돌리고 싶었다. 하지만 작년에도 재작년에도 아니 원래부터 여름이란 으레 덥다는 것을 철이 들면서부터 알았다. 더위 탓이 아니라 무엇을 하려고 해도 어디부터 손을 댈지 몰라서라고 생각했다. 그렇게 생각을 바꾸고 자기 자신을 정당화해 버렸다. 싱크대에 빼곡하게 들어찬 페트병을 씻으러 부엌에 들어갔는데 그마저도 하기 싫었다. 괜히 냉장고를 열어 찬바람을 쐬고 눈에 띈 미네랄 물을 꺼내 입에 댄 채 그 자리에서 꿀꺽꿀꺽 들이켰다. '딱히 물을 마시고 싶은 것도 아니었는데' 싶어 부루퉁하니 거실로 돌아왔다.

"아아."

미간을 찌푸리며 일부러 소리를 내고 소파에 벌러덩 드러누웠다. 반쯤 열린 커튼 건너편으로 파란 하늘이 펼쳐져 있었다. 시계루는 '이 소파, 값은 다 치렀나?' 생각하며 멍하니 있었다. 시계루는 뭐를 다 냈고 뭘 덜 냈는지 모른다.

"띵동!"

엄청나게 큰 벨 소리에 시계루는 깜짝 놀라 벌떡 일어났다.

인터폰의 초기 설정 소리가 너무 커서 조정해야지 하고 생각만 했지 아직 그대로다.

"아휴, 정말."

짜증을 내며 인터폰을 들었다.

"택배입니다!"

젊은이의 힘찬 목소리가 들렸다.

"네, 고마워요."

낮게 말하고 시계루는 자동키를 해제했다. "쳇" 하고 혀를 차며 도장을 들고 현관 앞까지 가서 택배원이 나타나기를 기다렸다. 엘리베이터가 꽉 찼는지 택배원이 좀체 올라오지 않아 시계루는 짜증이 났다. 도장을 들고 다시 안으로 들어

가려는데 현관 인터폰이 엄청 크게 울렸다.

"푹푹 찌네요, 여기 놓을게요."

택배원은 상냥하게 말하며 배달 상자를 시계루 발밑에 놓았다. 베이지색 모자를 쓴 택배원의 관자놀이부터 턱까지 투명한 땀방울이 끊임없이 흐르고 있었다. 그 모습이 아주 건강하게 보여 시계루는 한순간 택배원 얼굴을 빨려 들어갈 듯 보고 있었다.

"도장 주세요."

시계루는 당황해서 눈길을 피하며 들고 있던 도장을 쑥 내밀었다. 택배원은 도장을 받아 전표에 찍었다.

"매번 고맙습니다."

택배원은 큰 소리로 인사하고 문을 닫았다. 시계루는 발밑에 놓인 상자 위에 붙어 있는 전표를 보았다. 엄마 글씨였다. 엄마 글씨는 흐느적흐느적 물기 없이 마른 나뭇가지 같은 필체다. 먹지에 쓰여 더 엉망이 된 글씨가 전표에 달라붙은 채 흔들리고 있었다.

다시 조용해진 현관에서 시계루는 배달 상자를 내려다보았다. 열지 않아도 안에 뭐가 들어 있는지 알 수 있었다. 신문지에 둘둘 싼 채소와 통조림과 건어물과 어디에나 팔고 있는 과자.

"아이 참, 이게 뭐야. 진짜."

아내 요코의 짜증 내는 소리가 귓가에 들렸다. 처음 배달 상자가 왔을 땐 '어머님, 고맙기도 해라.' 하던 요코였다. 그러더니 '보내지 말라고 하지?' 하더니 나중에는 '이 사람 도대체 뭐야?' 하는 지경까지 갔다.

"내가 자기를 제대로 못 챙겨 준다고 생각하나 봐."

요코는 못마땅한 투로 덧붙였다.

요코가 시게루의 어머니를 '이 사람'이라고 함부로 부르는 이유는 만난 적이 없기 때문이었다. 엄마는 시게루가 고등학교 때 집을 나갔다. 그 후론 시게루도 20년 이상 엄마를 만나지 못했다. 택배나 어쩌다 인사로 보내는 엽서도 형식적일 뿐. 엄마는 재혼해서 성이 하라다로 바뀌었다. 엽서에 하라다 료코라고 쓸 때는 좀 위화감이 들었지만 그것 말고 별다른 생각은 들지 않았다.

요코는 먹을 것을 함부로 못 버리는 성격인 듯 보내온 채소들을 조리했다. 그러나 요코가 친정으로 돌아간 2개월 전부터는 아예 상자를 뜯어보지도 않아서 채소가 통째로 상했다. 바로 2주 전에도 몽땅 갖다 버렸다.

냉방이 되지 않는 현관은 무더웠고 종이 상자를 내려다보는 시게루의 턱을 타고 땀방울이 뚝뚝 떨어졌다. 흐느적거리는 엄마의 글씨 위로 둥글고 투명한 땀방울이 떨어졌다.

시게루는 땀도 닦지 않고 상자를 그대로 둔 채 거실로 돌아왔다. 냉방이 잘 되어 기분이 좋았다. 페트병 정리도 해야지, 슬슬 방도 청소해야지, 우치무라 씨에게 연락도 해야지, 요코에게 메일도 보내야지, 엄마에게 보낼 답례 엽서도 사러 가야지…. 해야 할 것들을 떠올리며 시게루는 또다시 소파에 벌러덩 누워 버렸다. 기다렸다는 듯이 잠이 저 밑에서 몰려왔다. 창밖에는 파란 하늘이 정지화면처럼 펼쳐져 있었다.

신문광고에서 '시나리오 대상모집'이란 글귀를 본 것은 작년 11월이었다. 그날 아침 시게루는 평소 같으면 신경도 쓰지 않았을 광고를 꼼꼼히 읽었다. 사흘 전쯤 아침 뉴스에서 아는 사람이 출연한 것을 보았기 때문이다. 대학 시절 동창생 중 '니시나'라는 남자가 있는데, 졸업 후에 취직도 하지 않고 여태 프리타*라고 들었다. 그 니시나가 신예 영화감독으로 인터뷰에 응하고 있는 장면이었다. 니시나가 감독한 영화는 1월에 상영되는 모양이었다. 그래서 괜히 초조해진 것까지는 아니지만 뭔가 생각이 많아진 것은 사실이었다. 그날 아침, 시게루는 그 광고를 샅샅이 훑어보았다.

주최 측은 시게루가 이름을 들어본 적이 없는 출판사였다. 협찬에 영화배급사와 탤런트 사무소의 이름이 나란히 있었다. '상금은 백만 엔, 대상 수상작은 영화로 만들고 시나리오는 단행본 출판을 보장한다. 우수작, 가작이 나오면 텔레비전 드라마가 될 가능성이 있다'라고 쓰여 있었다. "그렇군." 그날 아침 시게루의 느낌은 그 정도였다. "음, 그렇군." 니시나가 한다면 나도 뭔가 할 수 있겠네 하는 생각은 했어도 아침을 다 먹고 자리에서 일어설 무렵에는 잊어버리고 있었다.

시게루가 그 광고가 생각나서 지난 신문을 뒤적인 것은 사흘 뒤였다.

* 직장에 얽매이지 않고 자기 편한 시간에 아르바이트를 하면서 사는 사람

"니시나도 하는데 나라고 못 할 건 없지."

시게루는 확신에 차서 중얼거렸다.

우라와에서 아쓰키로 전근 가라는 통보를 받았다. 시게루가 근무하고 있는 곳은 식품회사였다. 취직해서 배치된 곳은 영업부였는데 슈퍼마켓이나 백화점 중심으로 자사 제품을 판매하러 다녔다. 스물아홉 살, 입사할 때부터 원했던 기획개발부로 발령이 났다. 곧 신상품개발팀으로 가나 보다 했는데 맡겨진 일은 설문 조사와 고객 불만 처리뿐이었다. '그만둬 버릴까. 이놈의 회사' 하고 고민하던 무렵 요코를 만났다. 교제하고 반년도 채 안 돼 결혼을 생각하게 되어서 일단 사직서를 내는 것은 보류했다. 요코는 학교 교재를 취급하는 회사에 다녔고 결혼해서도 일을 계속할 생각이라고 했다. 시게루는 혼인 신고를 하고 나서 전직하는 게 좋겠다고 생각했다. 그러나 일 년 뒤 혼인 신고가 끝나자 요코는 시게루에게 한마디 상의도 없이 일을 그만둬 버렸다. "일 계속한다고 하지 않았어?" 하고 묻자 요코는 울며불며 따졌다. 아내를 보살필 생각도 없냐는 둥, 왜 내가 일하지 않으면 안 되냐는 둥,

서른 살 이상의 독신녀가 세 사람밖에 없었다는 둥 이야기를 늘어놓았다. 시게루가 이해할 수 없는 말들만 계속 늘어놓는 통에 그 건에 대해서는 더 이상의 대화를 포기해 버렸다.

광고부서로 이동하게 된 것은 삼 년 전인 서른네 살 때였다. 고객 불만 처리와 설문 조사 집계 업무를 겨우 벗어났다고 생각한 것도 잠시, 회사가 가라오케 사업에 손대기 시작했고 광고부서에서 몇 사람이 강제로 그 부서로 가게 되었다. 시장 조사와 연수라는 명목으로 시게루는 우라와에 있는 가라오케 점장과 맞먹는 일을 맡게 되었다. 휴일은 한 달에 세 번 쓸 수 있을까 말까 할 정도로 매일 마지막 전철을 타고 귀가하는 날들이었다. 늦게까지 집에 들어오지 않는 시게루에게 뭔가 의심할 만한 일이라도 있지 않을까 하고 종일 집에만 있는 요코는 늘 마음이 불편했다. 어쩌다 있는 휴일에도 집 안에 험악한 분위기가 맴돌았다. 이런 문제를 타파하기 위해서 시게루는 아파트를 마련해야겠다고 생각했다. 가라오케 사업은 앞으로도 계속될 것 같아서 우라와에서 좀 더 가까운 오미야에 있는 집을 알아보고 계약을 했다. 그게 2년 전이었다. 아파트는 작년 봄에 완공되었다. 요코는 지금까지 있었던 일들을 완전히 잊어버린 듯 기분이 굉장히 좋아 보였다. 휴일은 적고 잔업도 여전했지만, 집이 가까워진 만큼 귀가 시간이 빨라졌다. 무엇보다 요코는 새집을 꾸미는 데 정신이 팔려 시게루가 늦게 오든 말든 신경 쓰지 않는 것 같았다. 그래도 너덜너덜 지쳐서 돌아왔을 때 요코의 기분이 좋은 걸 보면 한시름 놓였다.

그런데 시나리오 광고를 보고 나서 이틀 후, 시게루는 우라와에서 아쓰키에 노래방 지점 가라오케로 가라고 전근 명령을 받았다. '또 가라오케야!'라는 낙담과 출퇴근에 두 시간 가까이 걸린다는 실망감이 '도대체 내가 뭘 하는 거지?'라는 의문으로 바뀌었다. 회사가 시키는 대로 여기로 갔다 저기로 갔다, 말도 안 될 정도로 많은 업무를 다 해치워도 월급은 변하지 않았다. 아파트 대출은 35년 장기로 받았으니 조기 상환하려면 절약하는 것 외엔 뾰족한 수가 없었다. 갑자기 이런 일들이 부질없다는 생각이 든 시게루의 머릿속에 '시나리오 대상'이란 문자가 떠올랐다. 그로부터 한 달 동안, 시게루는 집에 오자마자 물건을 두는 창고 역할만 하고 빛도 들지 않는 작은 방에 틀어박혀 컴퓨터로 시나리오를 쓰기 시작했다.

가라오케를 무대로, 거기에 드나드는 사람들의 희비를 이모저모 코믹하게 묘사했다. 시게루 스스로 생각해도 무서우리만큼 술술 잘 써졌다. 너무 재미있어서 가끔 킥킥킥 웃어가며 쓰기도 했다. 초등학생 시절에 만화를 연재했던 일이 생각났다. 친구들이 빨리 뒷이야기를 이어서 쓰라고 재촉했던 일도. 문학부에서 활동하던 학생 시절 교수가 숙제로 낸 '아쿠타가와 류노스케론'에 대해 칭찬하고, 소설을 쓰는 게 어떻겠냐고 권유했던 일도 생각났다. 요코는 노크도 없이 문을 열고 "뭐 해?" 하고 의심스러운 표정으로 물었다. "일이야, 일." 하고 시게루는 대답했다. 입상하게 되면 자기가 무얼 하고 있었는지 요코에게 털어놓고 놀라게 해 줄 셈이었다.

잘되면 일을 그만두고 온종일 집에 있을 수 있고 대출도 35년씩이나 걸리지 않고 얼른 갚을 수 있다고 하면서 기쁘게 해 줄 작정이었다. 요코는 울까? 시게루는 키보드를 치면서 히죽거렸다.

응모 마감은 2월 말일이었다. 1월 연휴도 다 쓰고 왕복 4시간가량의 통근 시간에도 시나리오만 생각했다. 잠자는 시간을 줄이고 줄여 고친 원고를 2월 말일 소인을 찍어 보냈다.

출판사 사람에게서 전화가 온 것은 3월 후반이었다. 그 때 시게루는 중간 보고회 때문에 핫초보리에 있는 본사 빌딩에 와 있었다. 휴대전화로 이야기하면서 빌딩 옥상으로 올라갔다. 전화를 끊고 나서야, 꺄! 인지 앗싸! 인지 알 수 없는 소리를 내질렀다. 너무 흥분한 나머지 출판사 사람이 뭐라고 말했는지 잘 생각나지 않았다. 다만 "되겠어."라는 말만 생각났다. "이건 되겠어. 대상을 노리기에 충분한 작품이다. 같이 이야기하고 싶다."는 말만 생각났다.

다음 날 시게루는 사표를 제출했다. 돌발적인 행동이 아니라고 자신을 설득했다. 작년 말 시나리오를 쓰기 시작하면서 대상은 아니더라도 가작이나 우수작이라도, 아니 2차 심사만 통과해도, 적어도 붙기만 하면 회사를 그만두겠다고 죽 그렇게 생각했었다. 2차 예선을 통과하는 것만 해도 재능은 있다는 것이니까 아르바이트를 하면서 쓰는 것에 전념하면 좋은 결과가 빨리 나올 것이다. 그런 생각을 하던 참에 대상이 확실하다는 전화를 받았다. 그것도 타이밍이 딱 좋은 연말부터 일이 시작됐으니 이것은 운명적인 일이 틀림없다고 생각했다.

4월에 접어들어 사전 논의를 위해 자신보다 훨씬 젊어 보이는 편집자 우치무라를 만났다. 우치무라는 시나리오라는 장르의 가치에 대해 열변을 토했다. 3차 심사 결과는 아직 공표되지 않았지만, 시게루의 작품이 남아 있다며, 아마 대상을 탈 것이란다. 그러기 위해서는 최종 심사를 받기 전에 약간 손을 볼 필요가 있다고 덧붙였다. 회사를 관뒀서 시간은 얼마든지 있다. 시게루는 고치는 일 따윈 아무것도 아니라고 말하고 우치무라의 한마디 한마디를 메모했다. 대상 발표까지 요코에게 숨길 작정이었기에 회사를 그만둔 것도 말하지 않았다. 매일 아침 노트북과 인쇄한 원고를 들고 평소와 똑같은 시간에 집을 나와 이케부쿠로나 다카다노바바의 찻집에서 편집자의 의견을 참고로 수정 작업을 했다.

취직하고 나서 한 번도 느껴보지 못한 벅차오름을 느꼈다. 깊은 바다에 빠져들고 있는데 구명튜브가 던져진 것 같은 기분이었다. 이젠 살았다!

그리고 5월에 시나리오 대상 발표가 있었다. 시게루의 작품은 대상은커녕 가작에도 당선되지 못했다. 우치무라는 휴대전화로 전화를 걸어 경위를 설명했다.

시게루의 작품은 높이 평가되었다. 이렇게 뛰어난 작품을 쓸 수 있다면 좀 더 분발할 수 있을 거라는 의견이 있어서 아쉽게도 수상을 놓치게 되었다."

젊은 우치무라의 목소리를 들으면서 시게루는 핏기가 싹 가시는 것을 느꼈다. 휴대전화를 쥔 손이 차고 저렸다.

"당신이 된다고 해서 회사를 관뒀잖아!"

"그래도 아직 길은 있습니다."

화를 버럭 내려는 순간 우치무라가 말했다. 소설로 만들어 자비출판을 해서 영화사나 광고대리점에 팔든가 혹은 1년 뒤 다음 기회에 또 응모하든가. 방법은 얼마든지 있으니까 우선 한 번 더 만나 상의하자고 했다.

미팅 자리에 우치무라는 광고대리점 사람을 데리고 나왔다. 시게루와 같은 또래로 보이는 그 사람은 시게루도 잘 알고 있는 대기업 명함을 내밀었다. 우치무라와 광고대리점 사람은 만담을 척척 주고받는 단짝처럼 죽이 잘 맞았다.

'지금 영화업계가 얼마나 우수한 원작을 구하고 있는지, 지금 대부분의 국내영화 각본이 얼마나 소설이나 만화에 의지하고 있는지. 시게루가 쓴 것은 시나리오로 출판해도 좋겠지만 그보다는 소설로 내고 그것을 기획서와 함께 파는 쪽이 무난한 전략이다. 내년에 도전해 보는 것도 괜찮지만 올해 안에 소설로 출판하면 내년 응모 마감보다 빨리 영화화 제의가 들어올 것이다.'

이야기가 일단락되자 우치무라는 종이 쇼핑백에서 네다섯 권의 책을 꺼냈다. 모두 자기 회사에서 작가들이 자비출판 한 책이라고 했다. 시게루는 그것들을 손에 들고 훑어보았다. 어떤 책에는 '영화화 결정!'이라는 띠가 둘러 있고 어떤 책에는 '웹드라마 방영 개시!'라고 쓰여 있었다.

자비출판에 이백삼십만 엔이 든다고 했다. 그래도 출판사가 어느 정도 부담하고 있다나? 영화화가 결정되면 이백삼십만 엔은 원작료로 받으니까 결국 책을 내는 돈은 공짜가되는 셈이다. 게다가 책이 잘 팔리면 흑자가 될 가능성이 있다. 우치무라는 구체적인 숫자를 들면서 설명했다. 시게루는 그 이야기를 믿었다. 아니, 믿었다기보다는 매달렸다. 이제그 외에는 달리 방법이 없을 것 같았다. 살길은 그것뿐이다.

그날 밤, 드디어 시게루는 요코에게 회사를 그만둔 사실을 털어놓았다. 시나리오 대상 이야기도 소설의 자비출판 이야기도 했다. 이백삼십만 엔은 보증금과 같은 것이고 일 년이면 그 돈을 넘는 수입이 제대로 들어온다는 설명을 했다. 우치무라에게 받은 '영화화 결정!'이라는 띠가 둘러 있는 책도 보여 주었다. 그러나 요코는 그 이야기를 믿지 않았다.

"당신 바보 아냐?"라는 말을 차갑게 내뱉고는 시게루가 그렇게 믿고만 싶었던 그 이야기들을 "악덕 상술"이라고 단언하며 어디가 어떻게 악덕인지를 격앙된 어조로 따져 나갔다. 말하자면 시나리오 대상을 받았다고 영화로 만들어져서 히트한 작품 따위는 들어 본 적도 없다. '영화화 결정'이니 '웹드라마'니 하는 문구가 박혀 있지만 이런 책들이 서점에 진열된 것을 본 적이 없다. 소설이나 만화가 얼마나 쏟아져 나오는데, 왜 굳이 당신에게 쓰라고 하겠는가. 이름도 없는 신인이 자비로 출판한 것을 어느 영화사가 사 주겠는가. 요코가 길길이 뛰는 바람에 시게루는 기분이 팍 상했다. 일도 하지 않고 집에만 있는 여자가, 영화도 보지 않고 책방에도 좀체 가지 않는 비문화적인 여자가 출판이나 영화업계에 대해 도대체 뭘 알기나 해! 쏘아붙이고 싶었는데 차마 말로는 못 하고 너도 나에게 상의 한마디 없이 일을 관두지 않았느냐고 반격했다. 서로의 말이 욕설로 바뀌었고, 다음 날 아침 요코는 집을 나갔다. 2주 뒤, 우편으로 이혼서류가 도착했다. 휴대전화 착신이 거부되어 있고 요코의 친정에 전화했으나 요코의 부모님은 바꿔주지 않았다. 돌아와 달라고 편지를 쓰다가 왠지 바보스러운 짓 같아, 쓰다 만 편지를 꾸겨서 버렸다. 실제로 소설이 출판되어 영화화가 결정되면 요코의 마음이 바뀔 거라고 생각을 다잡고 시게루는 먼저 써 놓은 시나리오를 소설로 부지런히 고쳐 갔다.

6월, 장마가 한창이었다.

7월, 시게루는 자비출판 계약서에 사인하고 자비출판 비용의 절반인 백십오만 엔을 입금했다. 8월 중순인 현재, 우치무라로부터 출판이 결정되었다는 연락은 없었다. 시게루가 전화를 걸자 다른 읽을 것이 많아 아직 못 읽었다며, 읽는 대로 연락을 하겠다고 했다.

시게루는 노트북과 두꺼운 봉투를 들고 집을 나섰다. 요코가 없으니까 방에서 써도 상관없었다. 하지만 아무도 청소

하지 않는 방은 어질러져 있다기보다는 휑해서 안정되지 않았다. 늘 편의점 도시락만 먹은 탓인지 청바지 허리와 허벅지가 끼었다. 아파트 입구의 창문을 닦고 있던 관리인이 뒤돌아 시게루를 빤히 보았다. 자그마한 초로의 여성은 주민의 얼굴을 기억하지 못하는 듯, 시게루가 평일 그것도 대낮에 편의점에 출입하자 의아해 하는 표정을 숨기지 않고 응시했다. "안녕하세요?" 시게루가 억지웃음을 보이며 인사를 했다. 관리인도 뭔가 의아한 표정으로 웃으며 살짝 고개를 숙였다.

밖은 강한 햇살에 물들어 은색으로 빛나는 것 같았다. 버스정류장에 가는 도중에 우편함에 봉투 다발을 넣었다. 여덟 통에는 각각 계약사원에 지원하는 이력서가 들어 있고 한 통은 요코에게 보내는 편지가 들어 있었다. 역 앞으로 가는 버스를 타고 맨 뒷자리에 앉았다. 창밖으로 지나가는 풍경은 근무할 때 보던 풍경과 다르게 보였다. 평일 낮에 보는 거리는 먼 다른 나라 같았다.

역 앞에서 내린 시게루는 은행에 들어갔다. ATM에서 예금통장 잔액을 확인하는 동안 '치치치 치치치' 하고 통장에

인쇄되는 소리가 들렸다. 마침 시게루의 눈높이에 포스터가
붙어 있었다.

'속지 마세요!'

커다란 글씨와 함께 할아버지 할머니가 외치는 것 같기
도 하고 우는 것 같기도 한 만화 같은 그림이 그려져 있었다.

'차 사고가 나서 상대를 다치게 했다.'

'댁의 아들이 성추행 현행범으로 잡혔다.'

이런 전화가 걸려올 때는…… '침착하게 상대의 이름을
확인하세요.' '이쪽에서 다시 걸겠다고 말하고 연락처를 물어
보세요.'

ATM에서 나는 '치치치' 소리가 멈췄다. 시게루는 포스
터의 글자에서 눈을 떼고 메롱 하듯이 튀어나온 통장을 바로
그 자리에서 확인했다. 잔액은 칠십이만팔천구십이 엔. 이번
달 주택구매용 대출 구만이천 엔, 가구 할부금 이만 오천 엔,
그리고 공공요금이……. 허공을 응시하며 암산을 하기 시작
하자 뒤에서 "이봐요, 뭐해요?" 하는 소리가 들렸다. 돌아보

니 젊은 여자 두 사람이 서서 시게루를 단단히 노려보고 있었다. 시게루는 당황해서 옆으로 비켰다.

"별꼴이야." 젊은 여자는 일부러 들으라는 듯이 말하고 서로 마주 보며 큭큭 웃었다. 여자들은 거의 수영복 수준으로 심하게 노출된 옷을 입고 있었다. 시게루는 ATM 옆에 서서 그 발랄한 다리와 동그스름한 어깨를 보았다. "뭘 봐요!" 하는 낮게 깔린 위협적인 목소리를 듣고 나서야 시게루는 자기가 넋을 잃고 보고 있었다는 것을 깨닫고 허둥지둥 은행을 나왔다.

역은 아이들로 붐볐다. 머리카락은 땀으로 젖은 채 똑같은 수첩을 손에 든 아이들이 줄을 서 있었다. 엄마인지 아버지인지 아니면 할아버지나 할머니로 보이는 사람이 아이 옆에서 불쾌한 얼굴로 아이들을 야단치거나 손수건으로 자기얼굴에 부채질을 하고 있었다. 줄 앞에는 스탬프 찍는 탁자가 있었다. 만화 캐릭터의 스탬프를 찍기 위해서 아이들이 길게 줄을 서 있는 것이다. 원피스 차림의 젊은 엄마가 쪼그리고 앉아 땀에 흠뻑 젖은 아이의 머리를 수건으로 닦아주고 있었다. 드러난 하얀 두 팔이 움직일 때마다 흔들흔들 흔들렸다.

아, 하고 시게루는 소리를 낼 뻔했다. 그 두 팔의 감촉이 생생하게 떠올랐기 때문이다.

시게루는 노트북이 든 가방을 안듯이 하고 역구내를 빠른 걸음으로 지나 역의 반대 입구로 나왔다. 어린이들의 함성이 멀어졌다. 건널목을 건너 상점가 아치를 빠져나와 몇십 미터 앞에 있는 패밀리 레스토랑으로 서둘러 갔다. 시원한 가게 안으로 들어가자 땀으로 젖은 셔츠가 차갑게 느껴졌다.

창가의 밝은 자리는 금연석이고 창문 없는 구석진 자리가 흡연석이다. 시게루는 담배를 피우지는 않지만, 항상 흡연석으로 갔다. 어둡고 공기가 탁한 공간 쪽이 뭔가 쓰는 행위와 어울리는 기분이 들었기 때문이다. 무한 리필 음료를 주문하고 냉커피를 만들어 자리로 돌아왔다. 옆자리에서는 와이셔츠 차림의 두 사람이 끊임없이 담배를 피워 대며 테이블에 펼쳐 놓은 서류를 보고 있었다. 대각선으로 보이는 곳에는 화려한 차림을 한 아주머니들이, 뒷좌석에는 폴로셔츠를 입은 그리 젊어 보이지 않는 남자가 말없이 런치세트를 먹고 있었다.

노트북을 테이블에 올려놓고 전원을 켰다. 시게루는 지금

한 번 쓴 소설을 다시 고치고 있다. 누구에게 부탁받은 것은 아니지만 아무것도 안 하는 자신을 인정하는 게 싫어서 어쩔 수 없이 이렇게 하는 것이다. 우치무라로부터 연락이 왔을 때 별로 좋지 않은 평가를 받았다고 하면 고쳐 쓴 것을 바로 건넬 수 있게 준비해 두고 싶었다.

컴퓨터 화면에 나타난 세로로 쓴 글씨를 바라보았다. 마저 글을 쓰려다 문득 아까 본 젊은 아이 엄마의 두 팔이 생각났다. 놀랄 정도로 부드럽고 시원한 부분에 방금 닿은 것 같은 황홀한 여운이 남아 있었다. 그러고 보니 꽤 오랫동안 여성의 몸을 만지지 못했다. 아까 본 아이 엄마를 멍하니 떠올려 보았다. 그런데 떠오른 여자의 얼굴이 요코가 아니라, 자신의 엄마라는 것을 깨닫고 섬뜩해졌다. 엄마가 떠오르니 끔찍하다는 생각과는 정반대로 어린 자신의 손을 잡고 가는 엄마의 모습이 숨 막힐 듯이 색정적으로 잇달아 떠올랐다. 그건 겨울의 엄마도 봄의 엄마도 아닌 오직 여름의 엄마였다. 허리가 잘록한 원피스를 입고 두 팔을 높이 들어 올려 양산을 펴고 있는 엄마. 발밑에 생긴 양산의 옅은 그림자 안에서 밖으로 나가면 죽을 거라고 마음대로 나만의 규칙을 만

들어서 거기에 바짝 붙어 양산 그늘 밖으로 나오지 않으려고 종종거리며 걸어가던 어린 나. 나를 안아 올리려고 쪼그려 앉았던 엄마. 그 두 팔의 감촉이 바로 느껴지듯 손등에 생생하게 살아났다.

시게루의 어머니는 시게루가 고등학교 입학하던 해에 집을 나갔다. 며칠 뒤 시게루와 여동생 에쓰코에게 편지가 왔다. 아버지와 더는 살 수가 없다는 것과 정말 미안하다는 내용이었다. 그때 여동생은 아직 중학생이어서 적잖이 충격을 받고 엄마를 미워했는데, 시게루는 더 어이없고 기가 막혔다. 그 무렵 여학생과 교제를 시작한 동창생이 "여자를 모르겠어." 하고 말했는데 시게루야말로 같은 기분이었다. 여자를 모르겠어. 엄마 또한 여자라는 것을 처음으로 알게 되었다.

집을 나간 후 소식 두절이었던 엄마였지만, 시게루는 결혼할 무렵 엄마에게 그런 내용을 편지로 알렸다. 주소는 아버지가 알고 있었다. 요코와 살기 시작한 아파트로 엄마가 보낸 택배 제1호가 배달된 것은 바로 그 직후였다. 엄마가 재혼했다는 것을 택배 상자에 쓰인 이름을 보고 알았다. 상자 안에는 지금과 마찬가지로 채소와 과자, 직접 담은 듯한 매실 장아찌, 마른국수, 김이 들어 있었다. 상자를 열어보니 거기엔 봉투 없이 간단한 편지가 있었다. 마른 나뭇가지 같은 글씨체로 "결혼 추카헌다."라고 쓰여 있었다. 어법에 맞지도 않은 글자로 쓰여 있는 것이 시게루는 창피하면서도 왠지 슬프게 느껴졌다.

그 후로도 엄마는 계속 택배를 보냈다. 겉에 적혀 있는 전화번호를 보고 예의상 전화는 해야지 하고 몇 번이나 망설였다. 그러나 결국은 매번 걸지 못 하고 말았다. 겨우 몇 달에 한 번, 형식적으로 감사의 말과 함께 근황을 적어 보냈을 뿐이었다. 처음에는 '자상한 어머님이시네. 정말이지 엄마란 존재는 자기 아이가 잘 먹던 것을 기억하는가 봐.' 하고 호의적으로 말하던 요코가 2년, 3년 계속되자 점점 지긋지긋하다는 식으로 말했다. 그러다 나중에는 '뭐야, 이 사람.' 하는 지경에 이르렀다. 시게루는 요코가 왜 그렇게까지 시어머니에게 진저리를 내는지 이해할 수 없었다. 시어머니 노릇을 한 것도 아니고, 아이를 가지라고 재촉하지도 않았다. 단지 한 달에 한 번 택배를 보낼 뿐인데. 그 정도는 봐줄 만하지 않은가.

택배를 보내는 정도는 이해해 줘야 하는 거 아닌가.

하지만 시게루는 요코에게 그런 말을 하지 않았다. 말해봤자 틀림없이 이해하지 못할 테니까. 엄마가 매월 어디서나 살 수 있는 것을 굳이 보내주는 것은 아들에게 미안한 마음이 들어서다. 도중에 엄마 역할을 내팽개쳐서 미안했기 때문이다. 시게루가 자신의 근황을 곁들인 감사 엽서를 엄마에게 보낸 것은, 이젠 엄마가 미안해할 필요 없다고 전하고 싶은 것이다. 시게루는 그런 엄마와 아들의 마음을 요코는 틀림없이 이해하지 못할 것이라고 단정했다.

시게루는 냉커피 두 잔과 트로피컬 아이스티 한 잔을 마시고, 부옇게 가득 찬 담배 연기 때문에 눈이 따끔거리고 나서야 노트북을 닫았다. 한 줄도 쓰지 못했다. 무한 리필 음료수 값을 계산하고 밖으로 나왔다.

스탬프 찍는 시간이 끝났는지 아이들 줄은 없어졌다. 미아가 된 아이가 혼자 역 안에서 계속 울며 서 있었다. "엄마아!" 있는 힘껏 불러보더니 다시 엉엉! 울었다. 지나가던 노부부가 아이의 어깨에 손을 얹고 뭔가 물었다. 아이는 그 손을 뿌리치고 "엄마아!" 하고 계속 울었다. 시게루는 역 직원이 아이에게 다가가는 것을 곁눈질하면서 역을 빠져나왔다. "엄마아!" 하는 목소리가 달라붙어 따라오는 듯했다. 그 목소리부터 도망치기라도 하듯 역 앞에 있는 빌딩으로 들어가 저녁 식사용 도시락을 샀다.

언제부터인지 공중전화 박스는 눈에 띄게 줄어서, 찾으려면 꽤 헤매야 했다. 역 안에 공중전화가 있겠지만 공중전화 박스가 아니다. 닫힌 공간이 필요했다.

시계루는 역 주변을 찾아 돌아다니고 나서야 역의 서쪽 입구 부근에 있는 비즈니스호텔 옆에서 오도카니 서 있는 공중전화 박스를 발견했다. 문을 열자 꽉 차 있던 뜨거운 공기가 훅 밀려왔다. 늦여름의 남은 열기가 갇혀 있었나 보다. 안으로 들어가 문을 닫고 청바지 뒷주머니에서 택배 전표를 꺼냈다. 수화기를 들고 조금 망설였다. 끈적끈적한 열기가 시계루를 감쌌다. 방금 산 전화카드를 지갑에서 꺼내 들고 카드에 박혀 있는 새끼 고양이 사진을 보았다.

열여섯 살 이후로 이십 년 이상 만나지 않은 엄마에게 엽서가 아닌 전화로 감사 인사를 하고 싶었다.

'어때? 잘 지내고 있니?'

'나? 나야 뭐, 지금은 시나리오 공부를 하고 있어. 어, 아니, 뭐랄까. 직장 다니고 있었는데 이대로 괜찮을까 싶어서. 마흔 되기 전에 하고 싶은 것을 해 보는 것이 좋겠다 싶었어. 뭐, 잘 안 되면 일할 곳을 찾으면 되지. 아아, 요코는 잘 있어, 내 건강검진 결과가 중성지방이 높다고 채소 중심으로 식단을 바꿔줬어…… 마침 보내 준 채소 아주 요긴하게 잘 쓰인대.'

공중전화 박스를 찾으면서 생각했던 말을 머릿속으로 끊임없이 되풀이해 보았다. 누군가 전화하려고 줄을 섰는지 밖을 보았지만, 지나가는 사람들은 거기에 공중전화 박스가 있는지도 모르고 지나가고 있었다.

이십 년 이상 만나지 않고 대화한 적도 없는 엄마다. 하지만 갑자기 전화해도 귀찮아하지 않을 거라고 시게루는 믿고 있었다. 매월 택배를 보내줄 정도로 신경을 써주고 있을 정도니까. 당황스럽기는 하겠지만 자신의 이야기를 들어줄 것이다. 집에서 전화하기에는 좀 그랬다. 요코가 없는 방은 너무도 황폐하다 못해 썰렁하리만큼 고요하다. 이런 분위기를 엄마가 알아채게 하고 싶지는 않았다. 휴대전화론 왠지 편치 않은 느낌이 들었다. 잡음과 전파 상태에 따라 "잘 안 들려, 뭐라고?" 하고 물어가면서 이야기하는 것은 싫었다. 그래서 공중전화 박스를 찾으려고 일부러 버스를 탄 것이다.

막다른 코너에 몰렸다. 어디서부터 어떻게 해야 할지 아무런 생각이 떠오르지 않았다.

8월이 끝나도 우치무라로부터는 연락이 없었다.

9월에 접어들어 두 번 전화를 걸어 보았다. 회사로 걸었더니 잘 모르는 사람이 받아 황급히 "외출했어요. 전화가 왔다고 전해 드릴게요." 하고 말했다. 휴대전화로도 두 번 걸었다. 두 번 다 '전파가 닿지 않는 곳에 있거나 전원이 꺼져 있다.'라는 멘트만 나왔다. 9월도 3주째 접어든 어제, 휴대전화로 걸었더니 겨우 연결이 되었다.

"미안해요, 아직 읽지 않았어요."

우치무라는 아무렇지도 않게 말했다.

"뭐라고요? 읽지 않았다고?"

네가 소설을 쓰라고 해서 썼잖아 하고 따지려는데 우치무라가 말을 끊었다.

"우리 회사는 동화와 미스터리 경연 대회도 진행하고 있어요. 마침 시기가 겹쳐서 그쪽 응모 원고부터 읽어야 해요. 그게 백 편이나 이백 편 정도가 아니에요. 그래도 그게 이번 달 안에 마무리되니까. 그쪽이 정리되는 대로 빨리 훑어보고 연락을 드릴게요."

우치무라는 빠른 말투로 말해 버리더니 "좀, 제발……." 하고 말을 하려는 시게루의 이야기는 듣지도 않고 일방적으로 전화를 끊어 버렸다.

전화가 끊기자 심장이 쿵쾅거렸다. 악덕 상술이라고 한 요코의 말이 떠올랐다. 그럴 리가 없어, 악덕 상술이라면 반액을 받은 시점에서 자취를 감췄겠지. 제대로 된 출판물도 있지 않은가 하고 시게루는 자신을 달래며 호흡을 가다듬었다. 우선 일을 하자. 일을 찾는 게 급하다. 좋은 일자리에 응모해 봤자 면접까지도 못 가는 것이 현실이다. 일단 일용직이라도 좋다. 일용직으로 시작해 보자. 그다음은 요코다. 편지에 대한 어떤 답장도 없지만 일단 요코를 설득해서 데려와야만 한다. 내 일이 안정될 때까지 요코도 일할 마음은 없는지 물어보자. 그리고 다시 시작할 마음은 없는지 물어보

자. 시나리오니 소설이니 하는 것은 일단 나중에 생각해 보기로 하자. 어쨌든 상황을 정리해 보자. 호흡을 가다듬으면서 시게루는 이런저런 현실적인 궁리를 했다. 마음을 진정시키려고 캔 맥주를 가지러 부엌으로 들어갔다. 냉장고를 열려고 하다가 현관에 택배 상자를 내팽개쳐 둔 것이 생각났다. 지난달 엄마가 보내 준 택배였다. 시게루는 슬금슬금 다가가 테이프를 떼어 내고 뚜껑을 열었다. 순간 채소 썩은 냄새가 코를 훅 찌르고, 무수한 초파리가 날아올랐다. 채소는 모두 썩어 있었다. 갈색 물이 든 봉지가 있어서 뭔가 하고 들었더니 '콩나물'이라고 인쇄되어 있었다.

지금 막 짜낸 계획이 맥없이 무너지는 듯한 무력감이 들었다. 시게루는 악취와 초파리에 미간을 찌푸리면서 방심한 채 그 자리에 쪼그리고 앉았다. 엄마의 상상 속에 사는 자기 자신의 모습이 떠올랐다. 시게루가 택배를 받을 때마다 이십 년이 지난 현재의 엄마 모습을 상상해 보듯이, 엄마도 틀림없이 택배를 보낸 후에는 중년에 접어든 아들의 모습을 상상하고 있겠지. 떠오른 것은 자기 자신이 아니라 그 엄마 안에 있는 아들의 모습이었다. 조금 후줄근한 양복을 입고 집에 돌아와서 식탁에 앉아 아내와 웃으며 대화를 나누고 아내가 해 준 밥을 먹는 평범한 남자의 모습. 자신의 상상 속에서 육십을 막 지난 어머니가 아직도 발랄하게 새 남편과 서로 웃고 있듯이, 엄마가 상상하는 자신의 모습도 활짝 웃고 있겠지. 불현듯 엄마와 이야기하고 싶어졌다. 엄마의 목소리를 듣고 엄마에게 자신의 목소리를 들려준다면 앞으로 가야 할 길을 알 것만 같았다. 우선 일거리를 찾자. 그리고 요코를 데리러 가자. 그런 식으로 순서를 세워서 행동으로 옮기면 되지 않을까. 그게 엄마의 상상 속에서 웃고 있는 진지한 자신에게 더 가까이 가는 길이 아닐까 하는 생각이 들었다.

그렇게 생각한 것이 어제였다. 그리고 오늘 점심시간이 지나서 일어난 시계루는 샤워를 하고 수염을 깎고 깔끔한 셔츠와 청바지로 갈아입고 집을 나왔다. 버스를 타고 편의점에서 전화카드를 사서 공중전화 박스를 찾아 헤맸다.

뭘 망설이는 거야? 시계루는 자신에게 물었다. 엄마는 분명 내 이야기를 들어줄 것이라고 믿으면서 도대체 뭘 망설이는 거야? 엄마가 집에 없으면 내일 또 와서 걸면 되지. 내일도 없으면 또 다음 날. 괜찮아. 엄마는 분명 내 이야기를 들어줄 거니까. 몇 번이나 자신에게 말하고 망설임을 떨쳐내듯이 전화카드를 집어넣었다. 힘이 들어간 카드는 살짝 휘더니 안으로 쏙 빨려 들어갔다. 전표에 쓰여 있는 마른 가지 같은 글자에 얼굴을 가까이 대고 숫자들을 눌러 나갔다.

0, 4, 7로 시작하는 숫자를 확인하며 번호를 누르는 사이, 시게루의 마음속에 작은 의문이 떠올랐다. 내 이름을 대지 않아도 엄마는 나라는 걸 바로 알까? '여보세요'라는 소리만 들어도 '아아, 시게루' 하고 반가운 목소리로 받아 줄까? 시게루가 아니라 시이 짱이다! 엄마는 나를 시이 짱이라고 불렀다. '아아, 시이 짱이니?' 하고 불러 줄까. 그런 생각으로 심장박동이 더 빨라졌다. 번호를 누르는 손이 가늘게 떨렸다. 축축해진 손으로 수화기를 쥔 시게루는 전화가 가는 신호음 소리를 들었다.

신호음을 네 번까지 세었을 때, "여보세요?" 하는 여자의 소리가 들렸다. '엄마다!' 하고 시게루는 바로 알았다. '여보세요' 하고 말하려고 했지만, 혀가 바싹 말라서 목소리가 나오지 않았다.

"여보세요?"

전화에서 의아해하는 엄마의 목소리가 들렸다.

"어, 저기, 난데…."

겨우 목소리가 나왔다. 생각과 달리 삑사리가 나버렸다.

잠시 침묵이 흐른 뒤 한층 더 의아해하는 목소리가 들렸다.

"네?"

"나라고, 나!"

시계루는 재차 말했다. 엄마가 바로 알아듣지 못한 탓에, 시이 짱이든 시계루 씨든 시계루든 간에 엄마가 이쪽을 알아 차릴 때까지 이름을 밝히지 않겠다는 오기가 생겼다.

"누구신지……."

엄마는 성가시다는 듯이 묻는다.

"나야!"

다시 말하고 나니 이것은 마치 사기 전화 같다는 비참한 생각이 들었다. 그렇게 느낀 직후, 시계루는 전혀 예상치 못 했던 말이 자기 입에서 튀어나오는 것을 들었다.

"나야, 나 말이야. 좀 곤란한 일이 생겼어…… 아니 그게, 나는 그러지 않았는데 지금, 그래 지금, 전철에서 어떤 여자 가 나를 치한 취급하며 소란을 피워서……."

다른 사람이 말하는 것 같은 자신의 목소리를 들으면서, 시게루는 한 달쯤 전에 은행에서 자기를 흘겨보던 젊은 여자가 떠올랐다. 노출되었던 매끄러운 살결이 떠올랐다. 은행의 포스터에 쓰여 있는 '속지 마세요!'라는 문자도 떠올랐다. 그리고 엄마의 두 팔이 떠올랐다. 초등학교 교실에서 엄마가 꽉 쥐고 있던 손수건이 떠올랐다. 학생들이 앉는 나무 의자에 펼쳐진 엄마의 치마가 떠올랐다.

"아니라고 했는데도 목격자까지 나와서……, 내가 아무리 아니라고 해도 믿어 주지 않아서……, 합의해 주면 고소까지는 가지 않겠다는데……, 그러니까, 오십만 엔을 지금 바로 주면 없었던 것으로 해 준대서……, 나는 그럴 의도가 없었지만, 혼잡한 전철에서 손이 닿았을지도 모르고……, 귀찮으니까 맘 같아선 얼른 해결하고 빨리 끝내 버리고 싶지만, 수중에 돈이 없어서……. 미안하지만 지금 내가 말하는 계좌로 돈 좀 넣어주지 않을래? 지금 바로! 돈은 갚을게……."

초등학교 2학년 때였을까? 3학년 때였을까? 엄마와 함께 담임 선생님한테 불려 간 적이 있다. 나와 같은 학년 여자애의 팬티를 벗겨 연못에 버린 것이 들킨 것이다. 사실 그건 시게루의 발상이 아니었다. 대장인 남자애가 그렇게 명령을 했고 시게루는 따랐을 뿐이었다. 하지만 했느냐 안 했느냐는 물음에는 했다고 답할 수밖에 없었다. 시게루는 귓가까지 빨개지는 것을 느끼면서, 사건에 대해 듣고 있는 엄마 옆에 앉아 있었다. 얼굴을 들지도 못하고 엄마의 손끝을 곁눈질로 흘끔거리고 있었다. 무릎에 놓인 엄마의 손은 손수건을 쥐고 있었다. 선생님의 설명을 들으면서 손수건을 비틀고 있는 엄마의 손가락은 하얗게 변해갔다. 시게루는 자기가 손수건이 된 기분이었다. 한바탕 설명이 끝나고 가정교육 문제에 대해 선생님이 이야기를 꺼냈을 때였다.

"우리 애가 그런 짓을 했을 리가 없어요!"

엄마는 떨리는 목소리로 담임 선생님께 말했다. 우리 애는 그런 데까지 머리가 돌아가는 아이가 아니다. 누군가가 시킨 짓이 분명하다. 우리 애는 바보스럽지만, 이유 없이 남을 울리지는 않는다. 말도 안 되는 소리 하지 말아라. 마지막에는 거의 격앙된 목소리로 선생님에게 대들었다.

시게루는 그 뒤의 일은 잘 기억하지 못한다. 선생님이 어떻게 했는지, 엄마와 자기가 어떻게 그 자리에서 벗어났는지, 여자애에게 사과하러 갔는지. 엄마가 선생님에게 대든 것을 기억하는 이유는 평소의 엄마 모습으로는 상상조차 할 수 없는 일이었기 때문이었다. 엄마는 선생님을 절대적인 존재라고 생각하고 있었다. 시게루가 학교를 땡땡이쳐서 엄마가 선생님한테 불려가 혼날 때는, 책상에 이마가 닿을 정도로 연신 굽실거리며 사과했었다. 그랬던 엄마가 선생님에게 당차게 대들었다. 그 후의 기억을 더듬어 보면 양지를 따라 걷는 자신과 엄마의 모습이 떠올랐다. 엄마가 든 양산과 그 양산 그늘에서 벗어나지 않으려고 촐랑촐랑 장난치면서 걷는 어린 시게루. 엄마는 걷다가 갑자기 길가에 쪼그려 앉아 팔을 둘러 시게루를 감싸 안았다. 부끄러움과 포근함으로 정신이 아득해졌다. 엄마의 팔에서 벗어나려는 시게루의 손에 엄마의 두 팔이 닿았다. 황홀할 정도로 부드럽고 촉촉하고도 서늘한 감촉이었다.

자신의 목소리를 들으며 시게루의 기억은 왠지 거기서 멈췄다.

수화기 너머의 엄마는 아무 말도 하지 않는다. 믿고 있는 걸까? 의심하고 있는 걸까? 시게루는 알 도리가 없었다. 의심하는 것 같으면 바로 전화를 끊어야지 하고 줄곧 생각하고 있었다. 무슨 말이든 좋으니까 의심하는 것 같은 목소리로 말해 달라고 속으로 애원하고 있었다.

"그래서 말인데……."

"기다려 봐."

엄마가 드디어 입을 열었다.

"지금 메모할 것 갖고 올 테니까."

감정을 전혀 알아낼 수 없는 목소리였다. 수화기에서 부스럭부스럭 종이 소리가 났다.

"자, 됐어."

잠시 후 엄마 목소리가 들렸다. 나는 무엇이 됐다는 건지 모르고 있는데 엄마는 재촉하듯이 말했다.

"자, 계좌 번호는?"

"어, 그러니까 저기 미즈호 은행의……."

시게루는 한 손으로 주머니를 뒤졌다. 지갑에서 현금카드를 꺼내 번호를 읽어주었다.

"정말로 금방 갚을게."

"얼마라고 했지? 오십만 엔이면 되는 거지?"

엄마는 너무나도 담담하게 말했다. 시게루는 어이가 없어서 이 사람이 정말 자신의 엄마인가 하는 의심이 들었다. 정말 전혀 모르는 다른 사람의 엄마와 이야기 하는 것은 아닐까.

"그리고 너……."

엄마가 뭔가 말하려고 했다.

"아니야, 금방 또 연락할게. 이 돈으로 일단 어떻게 해결되니까. 미안해, 정말 미안해. 갚을 거야. 정말 금방 갚아 줄게."

시게루는 당황해서 수화기를 내려놓았다. 힘이 지나치게 들어간 탓에 수화기 걸이에 걸린 수화기가 흔들거렸다. 시게루는 흔들리는 수화기를 바라보며 어깨가 들썩일 만큼 크게 한숨을 휴 내쉬었다. 수화기의 손잡이 부분이 젖어서 빛나고 있었다. 축축한 자신의 손을 청바지에 문질렀다. 목이 바싹 말랐다.

온몸의 체중을 싣듯이 공중전화 박스 문을 열고 밖으로 나왔다. 이마와 관자놀이, 겨드랑이 아래까지 땀으로 젖어 있었다. 그 상태로 시게루는 방향도 확인하지 않고 걸었다.

그러다 눈에 들어온 자판기에서 콜라를 뽑아 단숨에 반이나 들이켰다. 끄윽! 하고 트림이 나와 숨을 크게 한번 내쉬었다. 그 숨 끝에는 웃음이 자꾸 나왔다. 시게루는 숨을 들이마시고 또다시 웃었다. 다리가 떨리고 손이 떨리고 심장박동이 마구 뛰는 것이 우스웠다. 페트병에 입을 댔다가 더는 마시기 싫어져 입에 머금은 것을 그대로 길에 뿜어 버렸다. 뽀그르 소리를 내며 탄산 거품이 일었다. 하하핫! 시게루는 또 웃었다. 페트병을 쓰레기통에 내던지고 역을 향해 걷기 시작했다.

엄마는 믿었단 말인가. 한 시간 뒤에 은행에 가보면 정말로 오십만 엔이 들어와 있을까. 아니면 엄마는 말로만 위로하고 '내 아들이 그런 짓을 할 리가 없어, 바보 같아도 사람을 울리는 짓 같은 건 하지 않지.' 그렇게 굳게 믿고 텔레비전 연속극이라도 보고 있는 게 아닐까. 그런 생각을 하면서 시게루는 서둘러 역으로 갔다. 얼마나 바보 같은 짓을 저질렀나 생각하면서도 다른 한 편으론 뭔가 해낸 것 같은 흥분도 있었다. 시게루는 자신이야말로 진짜 바보일지도 모른다고 생각했다. 그러면서도 이런저런 일들이 좋은 방향으로 흐르기 시작한다는 해방감이 들었다. 역으로 이어지는 계단을 한 칸씩 건너뛰어 오르는 시게루의 입이 꼭 다물어도 금세 벌어졌다. 제일 위까지 올라가서 숨을 크게 내쉬었다.

'그렇다. 공중전화라면 발신 번호가 뜨지 않으니까 틀림없이 요코가 받을 거야.'

그런 생각이 들자 시게루는 역 구내에 있는 공중전화를 향해 걸어갔다. 수없이 전화했었기에 기억하게 된 열 한 자리 숫자를 가슴 속에 되새기며 인파를 헤쳐 나갔다. 시게루는 걷다가 자연스럽게 깨닫게 되었다. 점차 자신을 감싸고 있는 이 후련한 기분이 흥분도 해방감도 아니라는 것을. 엄마가 돈을 부쳐주든 부쳐주지 않든 자신이 상처받는 일은 없다. 어느 쪽이든 엄마는 아들을 믿었다는 것이 된다. 엄마를 상대로 한 내기는 어떻게 되든 지는 게임이 아니다. 시게루는 이 홀가분한 기분이 그런 안도감에서 왔다는 걸 깨달았다.

"엄마아!"

언젠가 역에서 들은 아이의 목소리가 귓속에 박힐 듯이 따라 왔다. 그 목소리로부터 도망치듯 시게루의 발걸음이 자기도 모르게 빨라지고 있었다.

첫사랑 찾아서 떠난 여행

여행은 세 사람이 함께 가게 되었다. 나와 남편인 히로후미와 시어머니인 사치코 이렇게 셋이서. 세 사람이 여행하는 것은 처음이었다.

나도 히로후미도 여름휴가를 반납하고 일을 했다. 그 전부터 11월 사흘 연휴에 여행을 가자고 결정했으니까. 그 여행에 시어머니도 모시고 가자고 제안한 것은 나였다. 시아버지가 돌아가신 것은 작년 여름이었다. 치매 증상을 보이기 시작한 시아버지를 2년간 꼬박 붙어서 간호한 시어머니는 시아버지가 돌아가신 후에는 모든 기력을 잃은 것처럼 집에서 나가질 않았다. 좋아하던 스모 경기를 보러 가지도 않고, 여자 친구들이 여행을 가자고 해도 거절하고, 전에는 자주 놀러 왔던 우리 집에도 오지 않았다. 어떻게 지내나 가서 보면 집 안은 왠지 썰렁하고, 식사는 늘 가게에서 만든 음식을 사다 때우는 것 같았다. 그래서 국경일을 끼고 2박 3일의 여행을 계획했다.

거절할지도 모른다고 생각하면서 전화를 했다.

"갈란다."

시어머니는 의외로 밝은 목소리였다. 게다가 갈 곳이 정해지지 않았다면 당신에게 결정권을 달라고 말했다. 가까운 닛코 부근에서 느긋하게 쉬려고 남편과 생각해 두었는데, 모처럼 시어머니가 의욕을 보이길래 그 의견을 존중하기로 했다.

"삿포로에 가고 싶어."

시어머니의 말은 의외였다. 물론 반대할 이유가 없었다. 11월 중순이 지난 화창한 주말이었다. 우리 셋은 하네다에서 삿포로로 가는 비행기를 탔다.

공항에 나타난 시어머니는 깜짝 놀랄 정도로 멋을 부리고 있었다. 목과 소매에 모피가 달린 코트를 차려입고, 엷은 보라색 모자를 쓰고, 코트 안에는 모자와 같은 색의 투피스를 입고, 루이비통 여행 가방을 들고 있었다. 5미터 밖까지 풍길 것 같은 향수를 뿌리고 보기 민망할 만큼 진한 화장을 하고 왔다.

"나 비행기 타는 거 처음이야. 와, 가슴이 두근두근해." 시어머니가 말하며 공항에서 산 구운 고등어 초밥을 기내의 좁은 테이블에 펼쳐 놓고 우리에게도 먹으라고 권했다. 창에 이마를 딱 붙이고는 "어머, 구름 위를 날고 있어." 하고 소리 지르지를 않나 "왠지 귀가, 귀가 '머엉!' 하네, 귀가 '머엉!' 해." 하고 지겹게 되풀이하지를 않나 지나치게 떠들어대기도 했다. 신치토세 공항에서 삿포로 시내로 갈 때도 "어머, 눈이다! 봐봐, 눈이 저렇게나!" 하고 내 손목을 잡아당겨 창밖을 가리키며 "일본이 좁다고들 해도 역시 넓은 거야! 이렇게 춥잖아." 하고 루이비통 가방에서 핫팩을 10개 남짓 꺼내 우리 무릎에 올려 주기도 했다.

호텔방을 두 개 예약했으니 시어머니와 내가 쓰든, 시어머니와 히로후미가 쓰든 어떻게 나눠도 상관없었다.

"역시 부부는 같은 방 써야 좋지. 부부니까."

시어머니는 이렇게 우기고 싱글 룸으로 갔다.

"어머님이 좀 이상하네."

방에 둘만 있게 되자 그제야 나는 히로후미에게 말을 했다.

"나도 그런 생각이 들었어. 화장도 너무 진하고, 혹시 치매가 시작되었나?"

히로후미는 가방을 풀지도 않고 방 안에 선 채 중얼거렸다. 히로후미는 자기 아버지를 봐 와서인지 치매 증상을 아주 무서워했고 툭 하면 바로 "치매 아냐?" 하고 걱정했다.

"그런 건 아닐 거야. 완전히 멀쩡하잖아. 오래간만의 외출이라 좀 들뜬 거 아닐까?"

"그렇다면 다행이고……."

"그래도 좋잖아. 전에는 밖에 나가려고도 하지 않았으니까. 표정도 생생하고."

코트를 벗어 옷장에 넣으면서 말하는데 히로후미는 아직 우두커니 선 채 물끄러미 나를 보고 있었다.

"왜 그렇게 봐?"

"당신, 우리 엄마에게 상냥하네."

히로후미가 불쑥 한마디 내뱉었다.

"뭐야? 그 말의 속뜻은?"

"다른 속뜻은 없어. 솔직한 내 마음이야."

그렇게 말하고 나서, 히로후미는 드디어 자기 짐을 정리하기 시작했다.

확실히 나는 우리 엄마보다 시어머니인 이모토 사치코를 더 좋아했다. 시어머니는 자립심도 있고 인간적으로도 품위가 있었다. 히로후미와 결혼하던 5년 전에 이분이 시어머니여서 다행이라고 생각했다. 사귀는 동안 이분이 우리 엄마였으면 좋았을 거라는 생각을 점점 더 많이 하게 되었다.

엄마는 일주일에 한 번꼴로 전화를 걸어 정년퇴직한 아버지의 일거수일투족에 대해서 흉을 보는데 그냥 놔두면 한 시간이고 계속됐다. 더 들어주면 내가 아이를 낳을 생각을 안 한다고 한탄하고, 당신이 잘못 기른 것 같다고 줄줄이 푸념을 늘어놓았다. 무시하고 전화를 끊기라도 하면 그다음엔 편지가 왔다. 끝없이 써 내린 깨알 같은 글씨로 과연 엄마 자신이 살 가치가 있는지 없는지와 같은 자문자답이 계속되었다. 화내며 전화를 끊어 버리고 편지를 좍좍 찢는 나를 히로후미는 이상한 짐승 보듯 보았다. 시어머니 같은 분을 어머니로 둔 남자가 나의 고통을 알 리가 있겠는가.

첫날 저녁은 무한 리필 게 뷔페 레스토랑으로 예약해 두었다. 먼저 산책을 조금 하고 레스토랑으로 가자고 히로후미와 약속하고 나는 시어머니를 부르러 갔다.

인터폰을 누르자 시어머니는 방문을 아주 조금만 빼꼼 열었다.

"어머니, 저녁 식사 때까지 산책 좀 하지 않을래요? 시장도 가깝고 이 호텔을 나가면 다누키코지*라는 아케이트가……."

시어머니는 말하는 나의 팔을 붙잡고 방 안으로 끌어당기며 문을 닫았다.

"히로후미에게는 비밀로 해 줬으면 하는데……."

시어머니는 눈을 위로 치뜨며 말했다.

"네? 뭔데요?"

"실은, 나, 만나고 싶은 사람이 있어, 그래서 말인데……. 이 여행 기간에 그 사람을 찾고 싶은데 교코 짱이 도와주지

---

* 삿포로시에 있는 아케이트 상점가

않을래?"

"만나고 싶은 사람? 찾는다고요?"

무슨 말인지 몰라서 묻자 시어머니는 방의 구석으로 가더니 오라는 손짓을 했다. 벽에 붙여진 책상 위에 팸플릿 같은 것이 펼쳐져 있었다. 시어머니는 그것을 잽싸게 감추고 책상 앞 의자에 앉아 "정말, 히로후미에게는 말하지 말아 줘."라고 다짐을 하며 또 눈을 힐끗 치뜨고 나를 바라보았다.

"아주 옛날에 사귀던 사람이 삿포로에 살고 있나 봐."

"네에?"

의미는 알았지만 무슨 말을 해야 할지 몰라서 어정쩡한 맞장구를 쳤다.

"사람 시켜서 찾아봤어. 탐정사무소에 부탁해서. 지금 세상은 대단해. 뭐든지 알 수 있어. 무서울 정도야. 뭐, 만나서 어쩌려는 생각은 아니야. 그저 아주 잠깐 멀리서라도 모습을 보고 싶은 것뿐이야. 보는 것만으로 충분해. 정말이야. 삿포로 타운 잡지를 발행하는 출판사에 3년 전까지 다녔다는 것까지는 알아냈는데, 그다음은 몰라. 그 뒤에 이사한 모양인데 아무래도 전출 신고를 하지 않았나 봐. 그래서 내일은 그

타운 잡지의 회사를 방문해 볼까 해. 같이 가 줘. 교코 짱!"

"그렇지만 내일은 오타루에요. 히로후미의 계획은……."

"오타루 같은 데 나는 별로 가고 싶지 않아. 히로후미 혼자 가면 되잖아. 잘 들어 봐, 나, 이상한 생각하는 것 아냐. 그저 그 사람이 건강한지 궁금해. 건강하다면 한번 보고 싶은 것뿐이지. 그리고 그쪽도 가정이 있을 거잖아. 그러면 그분들이 오해하면 안 되니까."

거기까지 시어머니가 말했을 때 인터폰이 울렸다. 히로후미였다. 문을 열어 주자,

"어떻게 된 거야. 부르러 가서는 오지도 않고. 빨리 나가자."

기다리다 지쳤다는 듯이 말했다.

"알았어. 알았어. 지금 나가, 우리 빨리 나가자."

시어머니는 나에게 눈짓을 하고 코트를 팔에 걸치고 나머지 한쪽 팔은 내 팔에 끼었다. 향수 냄새가 코를 훅 찔렀다.

시어머니는 히로후미에게는 비밀로 해 달라고 말했지만, 그날 밤 나는 시어머니의 여행 목적을 히로후미에게 말하고

말았다. 히로후미가 면밀하게 세운 2박 3일의 일정에 시어머니가 동참할 의사는 분명히 없어 보였다. 그렇다면 솔직히 말해 버리는 쪽이 덜 성가실 거였다. 게다가 시어머니와 히로후미의 관계를 보면, 옛날에 사귀던 사람을 잠깐이라도 보고 싶다는 시어머니의 마음을 히로후미도 흔쾌히 이해해줄 줄 알았다. 원래 목적과는 다르지만 '그 남자'를 찾기 위해 2박 3일을 쓰는 것도 재미있지 않을까. 틀림없이 히로후미는 도와줄 줄 알았다. 그러나 내 말을 다 들은 히로후미는 "으웩!" 하고 얼굴을 찡그렸다.

"저 사람은 아버지가 죽어 힘든 줄 알았더니, 그런 게 아니었단 말이야? 나 참, 집에 틀어박혀 옛날 남자 행방이나 찾았다고?"

히로후미는 시어머니를 '저 사람'이라고까지 불렀다.

"그건 아니겠지. 아버님이 돌아가셔서 슬프니까, 전에 친했던 사람의 생사도 걱정되셨겠지. 그래서 알아봤던 걸 거야. 뭐 어때? 같이 찾아 드리자고. 딱히 무엇을 어쩌려는 생각도 없다 하시던데……."

히로후미는 침대에 벌렁 드러누워 리모콘으로 텔레비전

채널만 이리저리 돌리며 "에이!" 하고 한마디 뱉고는 아무 말이 없었다. 텔레비전에서는 집에서 자주 보던 뉴스 프로그램을 하고 있었다. 에어컨에서 나는 소리가 작게 들렸다. 나는 괜히 옆방에 귀를 기울여 보았다. 시어머니는 벌써 자고 있나. 아무 소리도 나지 않았다.

"일단 내일은 어머님 하자는 대로 하자고."

히로후미는 별말 없이 '으' 하고 짜증을 내며 욕실로 갔다. 침대로 들어가니 시트가 아주 차가웠다. 방의 불을 끄자 텔레비전 화면의 색채가 온 방에 퍼졌다.

다음 날 뷔페 조식 자리에 히로후미는 오지 않았다. 나는 시어머니와 마주 앉아 스크램블 에그와 연어 구이와 연어 알과 송이버섯 장아찌 등을 되는대로 이것저것 접시에 담아다 여러 번 먹었다.

"저……, 어머니 죄송한데 그이에게 말해 버렸어요."

솔직하게 털어놓았다.

"오늘 따로따로 움직이려면 좀 그래서요."

야단맞을 줄 알았는데 의외로 시어머니는 아무렇지도

않았다.

"아, 정말? 말해 버렸어? 그렇다면 할 수 없지. 그럼 걔도
도와준대?"

"아마, 그럴 거예요."

10시를 지나 셋이서 호텔을 나왔다. 시어머니는 모자는
쓰지 않았지만, 어제와 마찬가지로 진한 화장에 향수를 잔뜩
뿌리고 코트 속에는 모스그린색 투피스를 입고 있었다.

공기가 차서 금세 콧잔등이 찡하고 시렸는데 하늘은 유
난히 맑았다. 히로후미는 뿌루퉁해서 주머니에 손을 찔러
넣고 몇 미터 뒤에서 따라왔다. 시어머니는 그런 히로후미
를 상관하지 않고 "아까 호텔 직원에게 주소를 보여 주었더
니 걸어갈 수도 있지만, 일단 큰길로 가서 지하철을 타고 나
카지마공원 역에서 내리면 가깝대." 하고 내 팔을 낀 채 들뜬
목소리로 말하면서 성큼성큼 앞으로 걸어갔다. 가끔 돌아보
면서 "히로 짱, 밥 안 먹었잖아. 배고프지 않아?" 하고 웃는
얼굴로 물었는데 히로후미는 다른 곳을 보며 그 말을 들은
체도 하지 않았다.

히로후미가 그런 어린애 같은 태도를 보일 줄은 미처 몰

랐다. 내가 보기에 히로후미와 시어머니 관계는 대단히 이해를 잘하는 사이였다. 시아버지가 죽고 나서 히로후미도 형인 마사히로도 중장년층의 만남을 주선하는 파티에 나가보는 게 어떠냐고 권했고 시아버지가 옛날에 바람핀 것 같다는 의혹에 대해 재미있게 이야기하기도 했다.

삐져 있는 히로후미의 모습이 왠지 나를 열 받게 했다. 시어머니와 시어머니 마음속의 사람을 어떻게든 재회시켜 다시 그들의 사랑이 불타기를 바랐다. 어쩌면 난 시어머니를 질투하고 있었는지도 몰랐다.

지하철을 타기 위해 계단을 내려가자 지하제국처럼 지하상가가 펼쳐졌다. 젊은 남녀가 지하 여기저기 앉아 있는 모습이 묘한 광경으로 다가왔다. 그러나 시어머니는 그런 야릇한 광경에는 관심도 두지 않고 끊임없이 이야기하면서 내 팔을 확 잡아끌었다. 히로후미도 지하상가의 거대함에 감탄하지 않고 잔뜩 골난 얼굴로 따라오고만 있었다. 호텔을 결정하기 위해 꽤 오래 상의했고 우리의 희망을 담은 스케줄을 만들기 위해 일주일이나 가이드북을 뒤적였다. 셋의 여행경비는 우리 부부가 반씩 부담하기로 했다. 그랬건만 지금 있는 곳이 삿포로인지 도쿄의 네리마구인지 시어머니도 히로후미도 아무런 관심이 없어 보였다.

커다란 절을 지나 도로에서 뻗은 골목길로 접어들자 편의점이 있고 그 옆 빌딩에 '미미즈쿠 출판'이라고 쓰여 있는 간판이 보였다. 시어머니가 의뢰한 탐정사무소의 조사에 의하면 그 남자는 요코하마에 있는 조선회사에 다녔고 그런 다음에는 외국차 수입판매 회사로 옮겼다. 거기서 정년까지 마치고 그 뒤로 삿포로로 이사해서 미미즈쿠 출판사에 5년 정도 다닌 모양이다. 이게 역에서 내려 그 빌딩에 도착할 때까지 시어머니가 설명해 준 내용이었다. 정년퇴직한 후에 왜 삿포로로 왔을까? 왜 타운잡지의 편집 일을 했을까? 그 무렵의 연결고리는 잘 모르겠는데, 잘 모르는 건 시어머니도 마찬가지일 것이다.

"그럼 어떻게 하실 거예요? 어머니."

출판사 빌딩 건너편에 서서 내가 물었다. 잠자코 뒤를 따라만 오던 히로후미는 편의점 밖 재떨이 앞에서 담배를 피우며 가이드북을 펼쳐 보고 있었다.

"어떡하긴 온 김에 물어봐야지. 개인정보 어쩌고 하면 아는 사람이라고 하지 뭐. 그러면 가르쳐 주겠지. 거짓말이 아니잖아. 정말 아는 사람이잖아."

시어머니는 푸른 하늘이 비치는 빌딩 창을 올려다보고 이제부터 무서운 놀이기구를 타야 하는 듯한 표정으로 말했다.

"하지만 본인에게 연락해서 확인해 보겠다고 하면요? 어머니가 찾아왔다는 사실이 탄로 나잖아요."

"그러게. 어떡하면 좋지……"

시어머니는 빌딩을 올려다보며 아주 태연하게 말했다.

"그럼 제가 다녀올게요. 어떻게 하든 잘 알아내 올 테니까 아까 지나온 곳에 커피숍 있었죠, 거기서 히로후미와 기다리고 계세요."

그렇게 말한 뒤 나는 빌딩으로 향했다. 함께 와서 다행이었다는 시어머니의 목소리가 뒤에서 들렸다.

삿포로든 도쿄의 네리마구든 그야말로 별반 다를 것 없는 커피숍에서 히로후미와 나는 나란히 앉아 마음이 편치 않은 커피를 마시고 있었다. 우리 외에는 창가 자리에 초로의 남성이 혼자 신문을 보고 있을 뿐이었다. 앞치마를 두른 중년 남성은 카운터 자리에 앉아 입을 헤벌리고 천장 가까이 설치된 텔레비전을 보고 있었다. 아까부터 계속되는 시어머니의 이야기가 저 사람들에게도 들리는 건 아닌지 몇 번이나 살펴보았지만, 중년 남성과 가게 주인은 듣고도 안 듣는 척을 하는지 신문과 텔레비전에서 얼굴을 뗄 기미가 없었다. 동태를 살필 때마다 히로후미와 눈이 마주쳤다.

시어머니가 찾고 있는 남자, 후지에다 슈이치로의 주소는 어이없을 정도로 간단히 알아냈다. 예전에 내가 후지에다 씨 밑에서 아르바이트를 할 때 신세를 아주 많이 졌다고 얘기했다. 그러자 응대하던 출판사 여성은 의심도 않고 친구의 어머니를 대하듯 밝고 허물없이, 개인정보를 묻지도 않고 한 번도 본 적이 없는 내게 이것저것 쏟아냈다. 그 여성이 말하길 '후지에다 씨는 사원이 아니라 삿포로 이주 체험에 관한 짧은 칼럼을 썼고, 가끔은 시간을 때우기 위해 편집부에 얼굴을 내밀었다. 하지만 3년 전에 연재가 끝남과 동시에 모습을 보이지 않고 있고 지금은 누구와도 연락을 하고 있지 않다. 그러나 후지에다 씨가 늘 갔던 단골 술집이 오도리 공원 근처에 있으니까 거기에 가면 만날 수 있을 거다. 만나지 못하더라도 그 가게 주인이 연락처 정도는 알고 있을 것이다. 워낙 낚시 친구니까.' 하는 이야기였다. 정확히 말하자면 사는 곳을 알지는 못했지만 안 것과 진배없었다. 이대로 큰길로 돌아가서 '기라쿠정'이라는 그 술집을 찾아가면 오늘 중에 후지에다 씨가 있는 곳에 찾아갈 수 있을 것이다. 본인은 못 만나도 적어도 주소 정도는 들을 수 있겠지.

출판사에서 들은 내용을 찻집에서 기다리고 있던 모자에게 이야기했다. 히로후미는 여전히 입을 꾹 다물었고 시어머니는 주저리주저리 이야기를 시작했다. 여태껏 막혀 있던 봇물이 한꺼번에 터진 듯……

이모토 사치코는 고등학교를 졸업하고 도쿄로 나가 섬유공장에서 경리 일을 했었다. 조그마한 공장이었는데 사장 부부가 사치코 같이 상경한 사람에게 자택의 방을 세주고 있었다. 그 사장 집으로 근처에 있는 대학생들이 자주 놀러 왔다. 후지에다 슈이치로는 그중 한 사람이었다. 사치코가 열아홉 살 때 사귀기 시작했다. 사치코는 결혼할 거라고 믿고 있었으나 대학을 졸업한 슈이치로는 조선회사에 취직을 해 그 회사의 외동딸과 선을 봐서 결혼을 약속했다⋯⋯. 그런 이야기인데 다분히 시어머니의 주관도 들어가 있다는 생각이 들었다. 그래도 그 이야기뿐이라면 "그렇구나." 하고 흘려버렸을 텐데⋯⋯. 세상에나! 시어머니는 무슨 생각에선지 환한 대낮의 찻집에서 첫 경험이 그 남자였다는 것, 스무 살 때 그 남자의 아이를 임신했는데 지우라고 해서 낙태했다는 것, 그런데도 버림받았다는 것, 버림받아도 잊을 수 없어서 신혼 가정에 쳐들어갔다는 것, 후지에다 슈이치로 씨가 무릎을 꿇고 제발 이러지 말라고 사정했다는 것까지 죄다 털어놓았다. 어딘지 어둡고 슬픈 이야기인데, 시어머니의 마음속에는 좋은 이야기로 승화된 모양이었다.

"그런 시대였어. 남자는 출세를 바라잖아. 그건 그대로 진심이었다고 생각해."

낙태한 것도 상대가 무릎 꿇고 사죄한 것도 담담하게 말할 뿐이었다.

주위를 살필 때마다 눈이 마주치는 히로후미는 몹시 뜨거운 탕에 들어가 있는 듯 미간을 찌푸렸다. 방금까지는 시어머니 과거 사랑에 대해 비판적이던 히로후미의 태도에 괜히 애가 탔는데, 이제는 히로후미의 마음을 알겠다. 아무리 허물이 없는 사이라 해도 자신의 어머니에게 처녀라든가 첫경험이라든가 낙태 이야기를 적나라하게 듣고 있자면 몹시 거북할 것이다. 히로후미는 안절부절못하며 담배를 태우다가 끄고, 성가시다는 듯이 머리를 흔들고, 사탕 그릇을 만지작거리고, 흥미가 없는 척하며 텔레비전을 보기도 했다. 하지만 시어머니의 이야기는 끝날 기미가 보이지 않았다.

"어머님 말씀을 듣고 있자니 그 남자가 왠지 매우 나쁜 사람 같은데 그래도 정말 만나고 싶으세요? 원래 예정대로 오타루에 가실까요?"

그냥 내버려 두면 가게 문을 닫을 때까지 과거 연애사만 이야기할 것 같아 나는 웃으며 말을 막았다. 이야기 맥이 뚝 끊긴 시어머니는 어리둥절해서 나를 보았다.

"아냐, 가야지. 그 단골 술집으로. 내일은 돌아가야 하니까. 기회는 오늘밖에 없잖아."

계산서를 손에 쥐고 의자를 쓰러뜨릴 기세로 일어섰다.

지하철은 아까보다 더 붐비고 빈 좌석은 없었다. 경로석에 앉아 있던 젊은 남자가 시어머니를 보고 일어났다. 시어머니는 멋쩍은 미소를 우리에게 보내고 그 자리에 다소곳이 앉았다.

"나, 호텔로 돌아갈래. 속이 좀 거북해서."

옆에 서 있던 히로후미가 말했다.

"그래도 어차피 우린 같은 배를 탄 거야. 멀리서 보는 것만으로도 만족하신다잖아."

슬쩍 시어머니를 보니 눈을 지그시 감고 있었다.

"그렇지만 당신도 생각해 봐. 장모님이 저렇게 엉망진창인 연애담을 고백하면 어떤 기분이 들 것 같아?"

두 손으로 가죽 손잡이를 잡고 매달릴 만큼 기운이 빠진 히로후미가 자신의 구두를 내려다보며 말했다.

창에 비치는 회색 분위기를 바라보며, 지금 들은 이야기가 만일 내 엄마였다면 어땠을까 생각해 보았다. '결혼 전에 좋아하는 사람이 있었어, 그 사람의 아이를 임신했는데 버림받았어.' 정말 어젯밤의 히로후미와 마찬가지로 "으웩!" 할 만한 이야기이기는 했다. 그러나 동시에 우리 엄마가 그런 이야기를 나에게 해 주면 지금보다 엄마를 좀 더 좋아하게 될 것 같기도 했다. 불쾌하겠지만, 지금보다는 잘 지낼 것 같은 기분이 들었다.

그리 생각하자, 문득 떠오르는 장면이 있었다. 중학교 3학년 때였다. 도서관에서 빌린 책을 읽다가 부엌에 있는 엄마에게 모르는 한자를 물어보았다. 그때 무슨 책을 읽었는지는 기억나지 않지만, 엄마가 생선 내장을 꺼내 손질하던 것은 기억하고 있다. 엄마의 손가락도 부엌칼의 칼날도 도마도 온통 검붉었다. "엄마, 이 한자들 어떻게 읽어?" 하고 묻자 엄마는 고개만 돌려 내 손에 있는 책을 보았다. 그때까지는 보통 때처럼 "그건 '세이히츠(せいひつ)', '곤린자이(こんりんざい)'는 두 번 다시는 하지 않는다는 의미야."라고 척척 대답했던 엄마가 가만히 책을 보고 그리고 나를 빤히 보더니 쌀쌀하게 말했다.

"엄만 바빠. 보면 몰라?"

그리고 하던 생선 손질을 마저 하며 내가 무슨 말을 걸어도 무시했다. 갑자기 엄마의 기분이 나빠진 것과 생선에서 나온 피에 질린 나는 풀이 죽어 거실로 돌아왔다. 사전에서 그 한자를 찾는 것도 귀찮아 결국은 책 읽기를 그만두었다.

줄곧 잊고 있었던 일이다. 삿포로 시내를 달리는 지하철 안에서 갑자기 생각났다. 그리고 알게 되었다. 아아, 그때 엄마는 내가 가르쳐 달라던 한자를 읽을 수 없었구나. 왠지 그런 느낌이 들었다.

"우리 엄마가 아까 같은 이야기를 한다면 나는 좀 더 다정하게 대할지도."

나는 창가에 비치는 히로후미를 향해 말했다.

"그럴 리가! 당신은 단지 그 사람에게 관대한 것뿐이야."

히로후미는 말도 안 된다는 표정으로 말했다.

후지에다 슈이치로가 가는 단골 술집을 찾기는 했다. 하지만 그 사람의 모습을 보는 것은 그렇게 간단하지 않을지도 몰랐다. 무엇보다 단골이었다는 것은 3년 전의 정보이고 운좋게 바로 오늘 마시러 온다는 보장은 없었다.

오도리 역에 도착해서 아까 여성이 그려 준 지도를 보며 시계탑 부근에서 직진했다. 백화점과 패션빌딩을 몇 군데 지나 파르코 백화점을 목표로 왼쪽으로 돌자 빌딩들이 복잡하게 서 있었다. 그 빌딩의 하나에 'B1 기라쿠정'이라는 간판이 붙어 있었다. 좁고 어두운 계단을 따라 내려가자 셔터가 내려져 있고 입구에는 종이 상자가 쌓여 있었다.

"어쩌지? 영업은 5시부터래!"

시어머니가 실망해서 큰 소리로 말했다. 분명히 셔터 옆에 손 글씨로 쓴 팻말이 걸려 있었다.

"영업시간은 오후 5시부터 오전 1시."

팻말에는 그렇게 쓰여 있었다.

"다섯 시까지 기다릴 수밖에 없네."

시어머니가 말했다.

"점심이나 먹자고. 라면이든 뭐든."

여전히 떨떠름한 목소리로 히로후미가 말했다.

다시 시계탑 거리로 돌아가 스키 방면에 소문난 라면 가게가 있다고 말하는 히로후미를 따라서 걸어갔다. 하늘이 점점 흐려지고 공기가 매섭게 차가웠다. 참기 힘들어서 지하로 내려가 걷고 있는데 시어머니가 호소했다.

"배가 너무 고파서 죽겠어. 뭐라도 먹자!"

그래서 지하상가에 있는 소문난 라면 가게에 들어갔는데 정작 라면은 맛이 없었다. 난 속으로 도쿄의 체인점이 차라리

낫다고 생각했다. 라면을 권했던 히로후미는 잘못 골랐다
는 것을 인정하기 싫은 탓인지, 분위기를 돋우기 위해서인지
"맛있다! 맛있다!"를 연발하며 먹었다. 어쨌든 간에 시어머
니는 마음이 들떠 있어서 가게를 나가자마자 방금 무엇을 먹
었는지도 모를 것이라는 생각이 들었다.

그 뒤에 시어머니가 마루이 이마이 백화점에 가고 싶다
고 해서 지하 식품매장을 셋이서 돌아다녔다. 줄곧 다른 세
상 사람 같았던 시어머니가 여기서 갑자기 눈을 반짝였다.
임연수어며 자반연어며 연어 알 병조림이며 게 등을 시식할
수 있는 진열대에 딱 붙어서 신중하게 시식을 해 보았다. 그
리고 골라서 산 후 택배 신청을 했다. 그 생기 있는 모습은 언
제나 그랬듯이 시아버지가 죽기 전처럼, 우리가 가장 잘 알
고 있는 시어머니여서 히로후미는 안심되었는지 불평이 없
었다.

"저쪽에서 기타아카리* 감자 세트를 팔고 있는데 살래?
엄만 찐 감자 좋아하잖아."

* 북해도에서 생산되는 노랗고 질 좋은 감자의 한 종류

히로후미는 오히려 적극적으로 말을 걸었다.

마루이 이마이 백화점을 돌아다닌 것만으로 시간은 지났다.

"나 호텔로 돌아갈게. 좀 피곤해서."

밖으로 나오자마자 히로후미가 말했다.

"그래, 그래, 돌아가렴. 피곤하겠구나. 좀 쉬는 게 좋겠어. 나와 교코 짱은 아까 그 가게에 좀 가 볼 테니까. 저녁 먼저 먹어도 돼. 우리는 우리끼리 해결할게."

시어머니는 그렇게 말하고 내 팔을 꽉 잡았다. 좀 전에 화장을 고쳤던 화장실에서 다시 잔뜩 향수를 뿌려댄 듯 냄새가 확 풍겼다.

"알았어."

히로후미는 짧게 대답하고 우리에게 등을 돌렸다. 해가 완전히 졌다. 네온이 비치는 거리를 어깨가 축 처져 걸어가는 히로후미의 뒷모습이 멀어진다.

"오히려 잘 됐네. 교코 짱 우리끼리 가자."

시어머니는 마치 자신을 격려하듯이 그렇게 말하고 나의 팔을 잡아끌며 걷기 시작했다. 결코 만날 수 없는 여학생 시절의 시어머니와 함께 걷고 있는 기분이었다.

"나는 한번 시험해 보고 싶어. 거기서 교코 짱과 술만 조용히 마시는 거야. 그럴 때 그 사람이 온다고 하면 과연 나를 금방 알아볼지 어떨지. 교코 짱, 어떻게 생각해?"

"그렇지만 온다는 보장은 없어요. 그렇게 술술 풀릴 거라곤 생각하지 않아요."

"아니야. 올 것 같아. 내 직감은 정확해. 그런데 나를 알아볼까?"

두꺼운 화장을 했는데도 시어머니의 코가 빨갛게 변한 게 보였다.

"아마 알아보지 않을까요?"

너무 추워서 우리는 몸을 서로 꼭 붙이고 종종걸음으로 걸었다. 그렇게 걸어가는 사람은 우리뿐이고, 사람들은 모두 말하거나 핸드폰으로 문자를 보내면서 활기차게 지나갔다.

"그럴까. 나는 알아채지 못할 것 같아. 우리 내기하지 않을래? 내기할까. 나, 아까 다라바 소라게 제일 비싼 거로 샀는데, 만일 교코 짱이 이기면 교코 짱 집으로 택배 주소 변경해 줄게.

처음엔 멀리서 보는 것만으로도 좋다고 말해 놓고는 아주 큰 걸 내기로 걸었다. 요 몇 시간 동안에 완전히 흥분한 것 같다. 점점 나도 모르게 그 남자를 보는 것이 기대됐다. 거기서 만날 수 있다는 보장은 없다고 생각하고 있었는데 어떻게든 만나야만 할 것 같은 기분이 들었다.

"좋아요. 그럼 내기해요. 틀림없이 어머님을 알아볼 거예요."

나는 그렇게 말하는 순간 또 엄마가 문득 떠올랐다. 그때 생선을 조리하고 있던 바로 그때 그 한자……. "엄마는 몰라." 하고 웃었다면 내가 엄마를 좀 더 좋아하게 되지 않았을까 하고.

주상 복합 빌딩 지하에 있는 기라쿠정은 민예품 가게 같은 술집이었다. 곳곳에 낡은 물건이나 인형이나 악기가 놓여 있었다. 테이블이나 카운터나 벽도 모두 암갈색으로 통일돼 있었고 나지막하게 은은한 램프가 켜져 있었다. 손님은 아직 한 사람도 없고 계산대에서 일하는 니치하무 야구팀의 모자를 쓴 중년 남성이 있을 뿐이었다. 깊숙한 안쪽에 있는 4인용 테이블에 앉아서 맥주와 안주 몇 점을 주문했다.

"손님, 도쿄에서 오셨어요?"

주문을 다 받은 가게 주인은 테이블 옆에 서서 상냥하게 물었다. 시어머니는 머리를 숙이고 치맛단을 당기고만 있어서 내가 대신 그렇다고 대답했다.

"역시 그렇군요, 어쩐지 세련됐다 했죠. 당연히 도시 사람인 줄 알았죠."

가게 주인은 쑥스러운 듯 말하고 계산대로 돌아갔다.

"있잖아, 교코 짱, 저 사람이 맥주를 가져오면 후지에다 씨가 자주 여기에 오냐고 물어봐 주지 않을래?"

"물어볼 수는 있지만 들킬걸요. 그러면 내기가 안 되잖아요."

"괜찮아. 내기 따위는 어떻게 되든. 좀 물어봐 줘."

시어머니는 목소리를 낮추어 말했다. 진지한 얼굴이었다. 시간이 지남과 동시에 무서움이 하나하나 사라지는 모양이었다. 맥주를 가지고 온 가게 주인에게 내가 말을 걸었다.

"저기 말이죠, 후지에다 씨라는 남자 손님, 자주 오세요?"

"네? 손님들이 후지 짱을 알고 있어요? 뭐예요, 그런 거였나요? 그럼 그렇지. 도쿄 사람이 안내책자에도 없는 이런 가게에 갑자기 올 리가 없겠지요."

가게 주인은 더욱더 반갑다는 듯이 웃었다.

"후지 짱, 요즈음은 전혀 오지 않지만 뭣하면 제가 전화할까요? 휴대전화 번호를 알고 있으니까 부르면 금세 올 거예요." 하고 색 바랜 앞치마 주머니에서 휴대전화를 꺼내 들었다.

"아녜요, 됐어요. 그렇게 친한 사이는 아니니까, 부르실 것까지는 없어요."

시어머니는 벌떡 일어서서 말렸지만 가게 주인은 뒤돌아서 어느새 휴대전화를 귀에 대고 있었다.

"제발 부탁이에요, 제 이야기는 하지 말아 주세요. 아는 사람이 왔다는 말은 하지 말아 주세요."

시어머니는 가게 주인의 등에 매달리듯이 말했다. 가게 주인은 어깨너머로, 한 손으로 V사인을 하면서 계산대 안으로 들어가 버렸다.

"어떡해, 어떡해, 교코 짱."

짙은 화장을 한 시어머니는 자리에 앉더니 테이블에 놓인 내 손에 자기 손을 올려놓았다. 울 것 같은 소리였다. 울

것 같기도 하고 흥분이 극에 달한 것 같기도 했다.

"온대요! 후지 짱."

카운터 안에서 니치하무 야구팀 모자를 쓴 가게 주인이 다시 한 번 V사인을 보냈다. 그 소리를 듣자 시어머니는 '앗' 하고 비명과 같은 소리를 지르고 두 손으로 뺨을 감쌌다. "어떡해, 나 어떡해."만을 연발하며 어쩔 줄 몰라 하는 시어머니를 무시하고 가게 주인은 혼잣말처럼 중얼거리며 뭔가 요리를 했다.

"후지 짱은요, 부인이 죽고 나서 낚시를 가자고 해도 전혀 안 가요. 도쿄에서 친구가 왔다고 하면 조금은 기운을 차리지 않을까요. 자녀도 멀리 가 있기도 하니까……."

"교코 짱, 어떡하지? 모르는 체하고 앉아 있으면 될까. 어쩌지, 사람이 다른 사람일지도 모르고, 맞아. 그래, 다른 사람일 수도 있겠지? 그 사람, 고향은 시코쿠인데 홋카이도에 있을 리가 없잖아."

시어머니는 완전히 여학생 시절로 돌아가 버린 것처럼 허둥댔다. 접어 둔 코트를 떨어뜨리고 주워서 다시 접고, 핸드백에서 콤팩트를 꺼내서 떨어뜨리고 주워서 열고 또 떨어뜨렸다. 그런 시어머니를 보고 있자 갑자기 모든 흥미가 사라졌다. 아까까지의 흥분이 급격히 달아나 버렸다. 밤하늘 아래 등을 구부리고 걸어가던 히로후미가 생각났다. 내가 함께 있어 주어야 할 사람은 이 여자가 아니라 그 남자가 아닐까 하고 뺨이라도 맞은 듯 퍼뜩 생각났다. 어느 결에 일어서 있었다.

"어머니, 걱정하지 마세요. 이제부터는 두 분끼리 이야기하는 편이 좋아요. 저는 그이가 걱정되니까 갈게요. 그럼 나중에 봬요. 길을 모르시겠으면 전화주세요."

나는 재빨리 말한 후 시어머니의 만류에도 불구하고 매달리는 손을 뿌리친 채 가게를 나와 계단을 뛰어 올라갔다. 내 이름을 부르는 시어머니의 소리가 뒤에서 조그맣게 들렸지만 뒤돌아보지 않고 큰길을 향해 내달렸다.

호텔에서 옷을 입은 그대로 잠들어 있는 히로후미를 깨워 가까운 술집으로 갔다. 잠이 덜 깬 채 내가 시키는 대로 걷고 있는 히로후미는 어린아이 같았다. 싸구려 체인점 술집과 별반 다르지 않은 가게로 들어가 카운터에 나란히 앉았다.

회와 임연수어와 버터감자를 주문하고 맥주로 건배를 했다. 가게 안은 붐볐고 손님들의 소리가 시끄럽게 왕왕거렸다. 히로후미가 아까 헤어진 뒤로 시어머니가 어땠는지 일부러 묻지 않을 걸 알기에, 안주가 나올 동안 기라쿠정에서 있었던 일을 일방적으로 이야기했다.

"그러니까 지금쯤 만났을 거야. 참 잘됐어."

"에잇, 내일이 돌아가는 날이잖아. 오늘 우리가 한 게 뭐야? 고작 찻집에서 밍밍한 커피를 마시고 추운데 걷고 지하철을 타고 식품매장에 간 거밖에 더 있어? 그럴 거였으면 도쿄 긴자로도 충분하잖아. 젠장, 모처럼 휴가 내서 비싼 돈 들여 엄마랑 왔는데 말이야."

히로후미는 맥주에 빠질 듯 벌컥벌컥 들이키며 투덜거렸다.

"우리, 어머니에게 가 볼까?"

"에이, 싫어, 기분 나빠. 나이 먹을 만큼 먹은 노인네가 말이야……."

아가씨가 요리를 날라 오자 재빨리 버터감자에 젓가락을 가져간 히로후미는 "아, 맛있다!" 하고 외쳤다. 라면 먹을 때처럼 지나치게 반응하는가 했는데 맛이 정말 기가 막혔다. 우리는 한참을 요리에 푹 빠져 정신없이 먹으며 '맛있네, 정말 맛있네.' 하고 연신 감탄했다. 히로후미는 분명 어머니와 이런 걸 하고 싶었던 거였구나. 스시를 먹고 '맛있다'고 서로 맞장구치고 오타루 운하를 보고 '와, 멋있다! 멋있다!' 하고 서로 맞장구치고, 히쓰지가 언덕에 올라가 '새하얀 설원이네!' 하고 서로 맞장구치고 싶었겠지.

히로후미의 토라진 태도에도 폭언에도 이젠 짜증이 나지 않았다. 시어머니에게 질투심 같은 것도 없었다. 그저 내 옆에서 맥주를 벌컥벌컥 들이켜고 있는 남편을 힘껏 안아주고 싶었다. 엄마라는 신분을 내버린 엄마를 처음으로 봤을 이 불쌍한 남자를. 그리고 내가 느낀 이 기분이 왠지 엄마 마음인 것 같아서 쓴웃음이 나왔다. 엄마가 된 적도 없고 될 생각도 손톱만큼도 없는데, 나는 내 안에 있는 작은 엄마를 알고 있는 기분이 들었다. 작은 엄마는 변덕스러울 만치 마음 내키는 대로 안아주었다가 뺨을 비볐다가 달랬다가 갑자기 등을 돌리거나 모습을 감추기도 했다. 우리 엄마에게 반발하고 있는 것은 분명히 내 안에 있는 이 작은 엄마였다. 엄마가

지배하려는 것도 내가 아닌 내 안에 있는 엄마다. 취기가 돌기 시작한 머릿속에 그런 생각이 들었다.

"어머, 운 거야?"

물수건으로 얼굴을 문지르는 히로후미를 놀렸다.

"울긴."

히로후미는 나에게 물수건을 던졌다.

가게를 나오자 주변이 온통 적막했다. 걸어 다니는 사람도 없었다. 길에는 가게들의 네온 불빛이 싸늘하게 비치고 있었다. 나와 히로후미는 주머니에 손을 찔러 넣고 코트 깃에 머리를 파묻고 찰싹 붙어서 걸었다.

"어머님, 돌아오셨나?"

"알 게 뭐야."

내일 히로후미가 없을 때 그분과의 재회가 어땠는지 물어봐야겠다. "아! 아!" 하고 밤하늘에 대고 소리를 질렀다. 입김이 하얗게 피어올랐다.

우리는 엄마를 놓지 못할 것이다

그대에겐 엄마가 어떤 존재인가요…?

"내겐 풀지 못한 숙제 같아요."

"내가 아는 것 같은데 모르겠고, 모르는 것 같은데 알 것만 같은 존재예요."

"우리 엄만 자존심이 무척 강하고 자식 신세를 결코 안지는 분이에요. 아, 글쎄, 우리 집에서 식사를 하시더라도 꼭 돈을 주고 가셨다니까요."

"우리 엄만 초등학교만 나왔어도 대학 나온 아버지보다 유머 감각이 있어요. 밤에 자려고 누우면 엄마의 재미있는 입담에 하루의 피로가 풀리죠. 엄마가 안 계셨다면 우리 집은 회색 분위기였을 거예요."

"늘 우리 자식들 말을 잘 경청하시고, 무엇을 하든 믿고 맡겨주셨어요. 항상 고맙다. 잘했다. 알았다. 그런 말만 하세요."

"엄만 당신의 외모관리가 자식보다 최우선인 분이에요."

"엄마 임종 무렵, 내가 보살펴 드렸건만 병원에서 마지막까지 애타게 부르던 이름은 내가 아니라 아들이더라고요."

"엄만 내 맘에 여러 번 총을 쏘셨죠. 한여름에도 내 마음이 추운 건 그 탓이었어요. 돌아가신 후 엄마가 처녀 때 놓았던 수틀을 발견했어요. 그때 깨달았어요. 엄마도 한때는 고운 소녀였다는 것을…."

엄마에 대한 추억은 다 달랐다. 하지만 살아계시던 돌아가셨든 여전히 그 영향 안에 있다는 것은 모두 같았다.

우리 엄마는 내게 어떤 분일까?

내가 일곱 살 무렵이었다. 초등학교 교사였던 엄마의 퇴근을 기다리다 어린 남동생과 마중을 나갔다. 곧게 뻗은 길을 한참 걸어가다 보니 멀리서 엄마가 오시는 게 보였다. 엄마도 어느새 우리 남매를 보시고 두 팔을 벌리고 종종걸음으로 다가오셨다.

나는 너무 기뻐서 엄마 얼굴을 쳐다보았다.

그런데 엄마의 눈길은 나를 향하지 않고 곧장 동생에게로 갔다. 크게 벌린 두 팔로 동생을 번쩍 안아 들고 함박웃음을 지으시며 앞으로 성큼성큼 걸어가셨다.

환한 그 길이 갑자기 어둡게 느껴졌다.

그게 발단이었을까? 유년시절부터 지금까지 나의 화두는 여전히 '엄마'다.

엄마의 목소리, 엄마의 표정, 엄마의 한숨, 엄마의 울음과 웃음, 엄마의 사소한 모든 행동과 대화가 내 촉수를 건드렸다. 나는 늘 엄마에 대해 알고 싶었다. 그러나 난 아직도 모른다.

세상에서 제일 미묘한 것은 '아빠와 딸도 아니고, 엄마와 아들도 아니고 엄마와 딸의 관계'란 말도 있다. 이 책을 번역하면서 여덟 작품이 다 나의 이야기 같고, 또 우리 이야기 같아 모두가 공감할 수 있는 작품이라는 생각이 들었다.

어머니가 읽어도 딸이 읽어도 아들이 읽어도….

엄마들은 결국 오래된 집처럼 육체와 정신이 삭고, 끝내는 가랑
잎처럼 태워질 것이다. 우리는 어쩌면 과거의 추억을 그저 통장에
찍힌 숫자로 맞바꾸고 영구히 봉인하려 할지 모른다. 하지만 우리는
여전히 엄마를 놓지 못할 것이다. 거미처럼 낡은 실을 짜 놓고 아들
딸을 놓지 못하는 엄마들처럼. 이 굴레는 뫼비우스의 띠처럼 억겁이
흘러도 계속되리라.

2020년 1월 30일
이은숙